Sonya
ソーニャ文庫

ワケあり紳士は初恋に溺れる

桜井さくや

JN207941

イースト・プレス

contents

序章

豊かな森に囲まれた巨大な屋敷。

一見、城と見紛うほど美しいその白亜《はくあ》の屋敷は、広大な領地を治める侯爵家のもので、かつては多くの者が集《つど》って賑《にぎ》やかなときもあった。

しかし、今はその頃の面影はどこにもない。

当主が代わってからというもの、使用人たちは必要以上に主人の顔色を窺《うかが》うようになり、人が訪ねてくることがあっても屋敷は常に緊張の糸が張り詰めていた。

「――まっ、待ってくれ…ッ！　もう少しだけ私の話を聞いてくれ！　頼む…っ、どうか頼む……ッ！」

静かな屋敷に響く悲痛な男の声。

それは、男が応接間に通されて三十分ほどが経ち、不意に扉が開いて屋敷の主人が廊下に足を踏み出した瞬間の出来事だった。

「どうか助けてくれ……っ！　君に断られたら我々にもうあとはないんだよ……っ、恥を忍んで頭を下げに来たんだ…ッ！」

恰幅《かっぷく》のいい年配の男と、年若き青年。

二人は親子ほど年齢が離れていたが、追い縋《すが》るのは年配の男のほうだ。

男は必死の形相《ぎょうそう》で追いかけるが、若き当主は振り返りもせず廊下を進んでいく。

当然ながら、その様子は多くの使用人も目にしていたが、皆顔を強《こわ》ばらせて見て見ぬふりをしていた。

「止まってくれ…ッ、頼む、話を……ッ！」

やがて、男は当主の腕を掴んで強引に引き留める。

ようやく動きが止まったことで男は一息ついたが、当主の表情に変化はない。

恐ろしいまでに整った顔立ちは冷たく、まるで人形のようだった。

氷のような眼差しで当主がゆっくり振り向くと、男はびくんと肩を揺らす。

そのまましばし沈黙が続き、互いに身動きもしなかったが、程なくして当主の口元が弧を描き、抑揚のない低い声が廊下に響いた。

「これ以上、何を話すことが？　荒れ果てて痩《や》せた土地を売りつけられても、俺には価値を見出せない。だからお断りすると言ったまでのこと……」

「い…、いや……、実は、あそこはかなり見込みのある土地なんだよ……っ。たとえば……、隣町との中継点として発展させる手もある。そうすれば近い将来、必ず人の行き交う賑やかな場所になるはずなんだ……っ」

「なら、あなたがそうすればいいのでは？」

「う…、ま…、まぁ……、そうしたいのは山々なのだが、今は自分たちが生活するだけで精一杯でな。恥ずかしながら、そういった余裕がないのだよ……。しかし、君ならうまく使うことができるはずだ…ッ。そう見込んであの土地を手放す覚悟をして──」

「……見え透《す》いた嘘を」

「嘘などでは……ッ」

「ならば、その土地を必要とする者に話を持ちかければいいでしょう。俺はいらないと結論を出した。ただそれだけのことですよ」

当主は冷淡な口調で答え、男の腕を振りほどく。

すると、男はみるみる蒼白《そうはく》になり、当主の前に素早く回り込んだ。

「まっ、待ってくれ……ッ！　だったら娘を君にやろう……ッ！」

「……娘？」

「そうだ、私には十歳から十七歳まで三人の娘がいる。目に入れても痛くないほどかわいい娘たちだ。その中から、気に入った娘を君にくれてやろう」

「……」

「君はまだ独身だ。若くて容姿も素晴らしい。娘たちも君に夢中になるだろう。あぁ、これも何かの縁だ。君の父上とは、とても仲良くさせてもらっていたんだよ……。以前はここにもよく来ていたんだが、私のことを覚えていないかね？」

男は顔を引きつらせて笑みを浮かべている。

対して当主の表情は限りなく冷たい。

傍から見ていても二人の温度差は明らかだった。

「……お帰りを」

「なっ!?」

「俺はあなたの土地にも娘にも何一つ興味がない。これ以上時間を割いても、互いになんの益もない」

「そんなっ、待ってくれ…ッ、お願いだ……ッ！」

「出口はあちらだ」

そう言うと、当主は少し離れた場所で待機していた衛兵に目配せをする。

衛兵たちは心得た様子で男の前に立ちはだかり、その行く手を阻《はば》んだ。男は真っ青になってさらに追い縋ろうとしたが、それ以上進むことができない。

「なんだ貴様らは…ッ！　私は伯爵家の……」

「お帰りはあちらですよ」

「おい放せ…ッ、汚い手で私に触るな……ッ！　まだ話が終わってない……っ」

衛兵たちは罵声《ばせい》を浴びせられても怯《ひる》むどころか、やや強引に男を連れ出そうとする。

その間、男は必死に抵抗していたが、当主は感情のこもらない目で黙って見ていただけだった。

「おい、おい…っ、これだけ頭を下げているのに、どうして顔色一つ変えずにいられるんだッ!?　噂に違わず冷酷な目をしてからに……ッ！　あ…、やめろ。待ってくれ…ッ、まだ話が……ッ！」

「……」

「金が……っ、本当にもうあとがないんだ……ッ！　助けてくれ…ッ、助けて…ッ！　お…、お願いします……っ、お願…、あぁああ――…ッ！」

恥も外聞もなく泣き叫ぶ男の声が屋敷に木霊《こだま》する。

それは、人に頭を下げたことのない貴族が、はじめて自尊心を捨てた瞬間だったのかもしれない。

だが、当主にとってはどうでもいいことだった。

子供の頃、自分の父と先ほどの男が談笑する姿を何度か見た記憶は微かにあったが、まったく感情は動かなかった。

「……いいか、こんなことは今回だけだ。今後は、誰であろうと約束のない者をこの屋敷に入れるな」

「はっ、はい…ッ、承知しました……っ」

程なくして、当主は棒立ちになっていた側仕えの男にそう命じる。

青ざめて深く頭を下げる様子を一瞥《いちべつ》すると、当主は身を翻《ひるがえ》して廊下をあとにした。

途中、何人かの使用人とすれ違ったが、誰も当主と目を合わせようとはしない。俯《うつむ》いて怯《おび》える様子を見せる者もいたが、気に留めることなく裏庭に向かった。

「馬鹿な男だ。よりによって、この俺を欺《あざむ》こうとするとは……」

外に出ると、爽《さわ》やかな風が吹き抜け、艶やかな金の髪が柔らかく揺れる。

一見優しげな顔立ちをしているが、その眼差しはどこまでも冷たい。

そのときの『彼』には、誰一人として信じられる者はなく、これからもそれが変わることはないと思っていた——。

第一章

ここは、海に面した牧歌的な田舎町だ。
ほとんどが幼い頃からの顔見知りで、余所《よそ》からやってくる者はあまりいない。
皆のんびりした性格をしているが、働き者ばかりだ。
――コン、コン、コン…。
朝起きてから眠るまで、家事に奔走《ほんそう》する毎日。
炊事《すいじ》に洗濯、家の掃除、庭の草むしり。
それは、この町で生まれ育ったシャロンが当たり前に過ごしてきた日常だった。
「はーい」
家族は父モーガンと兄スコットとシャロンの三人。
母は幼い頃に亡くなっているので、女手はシャロンしかない。
物心ついたときには父も兄も仕事でいつも忙しく、幼い頃から家事をするのは自分の役目と思って過ごしてきた。

――コン、コン、コン……。

もう少しで空が朱に染まる時間。

その日もシャロンは普段どおり夕飯の支度で慌ただしく台所で動き回っていたが、不意に玄関扉をノックする音が響いた。

一瞬、家族が帰ってきたのかと思ったが、父も兄もわざわざノックして出迎えを待つようなことはしない。

ならば近所の誰かが来たのだろう。シャロンは料理の手を止めると、繰り返し響くノックの音に返事をしながら玄関へと向かった。

「はーい、今開けるからちょっと待っ……――」

だが、扉を開けた瞬間、

「……エ…ッ!?」

シャロンは素《す》っ頓狂《とんきょう》な声を上げた。

そこにいたのは、見知らぬ若い男だったからだ。

しかし、驚いたのはその見た目だ。

ぽたぽたと水が滴る金色の髪。

ぐっしょりと濡れて肌に張りついたシャツ。

片足しか履《は》いていない靴。

白い肌は血色が悪く、酷《ひど》く疲弊《ひへい》した表情。

どこをどう見ても怪しい男だったのだ。

「あ…、あの…？　あなたは……」

「……あ」

シャロンは警戒しながら男に声をかけた。

すると、男は家の中に目を移して鼻をひくつかせる。ごくんと唾《つば》を飲み込むと、たどたどしい口調で答えた。

「とても…、いい匂い…が……したから……」

「……？」

匂い？

この人は何を言っているの？

彼が何者なのかを尋ねたつもりだったが、まったく違う答えが返ってきたことにシャロンは眉をひそめた。

その直後、

――ぐぅ～…。

どこからか間の抜けた音が聞こえてくる。

「……っ」

男はハッと息を詰めて自身の腹を押さえ、恥ずかしそうに目を伏せた。

シャロンはぽかんと男を見つめる。

――今のは、この人のお腹の音……？

羞恥で赤くなった男の顔。

大きな腹の虫。

シャロンは次第に状況を理解しはじめる。

もしや、『いい匂い』とは自分が作っていた料理のことだろうかと……。

――この家の傍を通りかかったときに食事の匂いがしてきたから、空腹を我慢しきれずに訪ねてきたということ……？

だとしても、この酷い恰好はなんなのだろう。

ここから五分も歩けば海に出るが、泳いで遊んでいたとも思えない。

にもかかわらず、全身ずぶ濡れの状態で訪ねてくるだなんて、怪しんでくれと言っているようなものだ。

――ぐぅ…、きゅるる～……。

考えを巡らせている間も、男の腹は鳴り続けている。

けれど、この家には今、自分しかいない。

見知らぬ男を家に上げて、何かあっても助けてくれる者はいないのだ。

それはわかっていたが、ここで追い返せば行き倒れてしまいそうなほど男はよれよれだった。あまりの疲弊ぶりにどうしても放っておくことができず、シャロンは躊躇《ためら》いがちに声をかけた。

「よ…、よかったら…、夕飯、召し上がっていきます……？」

「……え。……い…、いいのか……？」

「ええ、大したものは用意できないけれど」

「あ…、ありがとう……っ！」

男は途端に目を輝かせる。

満面に笑みを浮かべ、嬉しそうに礼を言った。

「い…いえ。では中へどうぞ」

青く澄んだ眼差し。

驚くほどまっすぐな瞳を向けられて密かに心臓が跳ねたが、シャロンは平静を装いながら男を居間に案内すると素早く台所へ向かった。

——食事くらいで、こんなに喜ばれるのははじめてかも……。

きっと、それほどの空腹なのだと思い、シャロンは急ぎ客人用の皿を用意して出来たてのスープを流し込む。

父も兄もお腹を空かせて帰ってくると思って少し多めに用意していたが、若い男性ならそれなりに食べるだろう。足りないようなら自分の分をあげればいい。シャロンはあれこれ考えながら料理を皿に盛ってトレーにのせ、昼に焼いたパンをバスケットに入れて居間に戻った。

「あの…、本当に大したものではないのだけど」

シャロンは居間に戻るなり、男に声をかけた。

男はやや俯き加減で疲れた顔をしていたが、シャロンに気づくとまっすぐな姿勢で椅子に座り直した。

――特におかしな行動は取ってなさそうね。

さり気なく部屋を見回すが、荒らされた形跡はない。

一応警戒しながらテーブルに皿を置いていくと、ごくんと唾を飲む音が聞こえた。

彼は、目の前の皿を食い入るように見ている。

想像以上に空腹なことが伝わり、シャロンは素早く皿を並べた。

「ど、どうぞ…っ」

「あ…あぁ……」

彼は小さく頷《うなず》き、テーブルに目を落とした。

ごく…、また唾を飲む音が聞こえた。

ところが、彼はスプーンに手を伸ばしかけるも、なぜか途中で動きを止めてしまう。

何を躊躇っているのか、皿を見つめたまま瞬きを繰り返していた。

「あの…、何か？」

「……あぁ、いや。……銀食器…ではないのかと……」

「え？　銀食器……？　そんなものはここにはないわ」

この人は何を言っているのだろう。

テーブルに置いたのは客人用の陶器の皿だ。

これの何が問題なのかわからず、シャロンは眉をひそめた。

「あ…ッ、すまない…っ。俺は何を言っているんだろう。今のは忘れてくれ！」

「え、えぇ……」

「で、では、いただきます」

彼はシャロンが気を悪くしたと思ったのか、慌てて謝罪してスプーンを手に取った。

そのままスープを口に含みこくっと飲み込むと、喉仏が上下に動く。

途端に男の目が潤《うる》み、口元が緩んだのが見て取れる。

「……美味しい」

「そう、よかったわ」

見知らぬ相手とはいえ、この反応は素直に嬉しい。

いつも皆が褒《ほ》めてくれる自慢のスープだったが、時間をかけて料理をしてもあっという間に平らげてしまうから、こんなふうに味わう姿を見るのは新鮮だ。

テーブルを挟んだ向かい側にシャロンが腰かけると、彼は用意した他の料理も夢中で食べはじめる。それでもガツガツ食べるというわけではなく、一口ずつしっかり味わい、「美味しい」と唇を綻《ほころ》ばせては、何度もシャロンに目を向けた。

――こんなに褒められたのは、はじめてだわ……。

気恥ずかしいような、くすぐったいような不思議な気分だった。

用意した料理は、それから間もなく綺麗になくなり、シャロンは気持ちいいほどの食べっぷりに感心しながら男をじっと見つめた。

高い鼻梁、くせのない金髪。

白い肌に、夏の空のような青い瞳。

全身びしょ濡れではじめは驚いたが、こうして見るとずいぶん整った容姿だ。

彼はどこから来たのだろう。十七歳の自分より少し年上といった感じだが、この辺りでは見かけたことがない。そもそも、こんなに目立つ人を一度でも見たことがあるなら忘れるわけがなかった。

「ごちそうさま。とても美味しかった」

「……足りないようなら、まだあるけれど」

「いや、もう充分いただいた。本当にありがとう」

「い、いえ…」

柔らかな笑みを向けられ、なぜか顔が熱くなった。

シャロンはそれを誤魔化すように素早く立ち上がり、皿を片付けようと彼に近づく。けれど、片付けをしている間もその視線が気になって仕方ない。彼がシャロンの手の動きをひたすら目で追いかけていたからだ。

家事をしているから、自分の手は荒れてガサガサだった。

もしかして、醜《みにく》い手だと思われているのだろうか……。

普段はどうとも思わないのに、じっくり見られると気になってしまう。

シャロンはなんとか彼の気を逸らしたくて話題を探した。

「あ…、あの…、飲み物は？」

「飲み物……？」

「ええ、紅茶…とか、一応あるけれど」

「……あぁ…」

「紅茶は苦手？」

「……、そんな……こと……は」

「あの？」

「……」

ところが、途中から男の言葉が途切れ途切れになって、最後には返事もしなくなる。

不思議に思って顔を向けると、彼はどこか虚ろな目をしていた。

お腹がいっぱいになって眠くなったのだろうか。

――それにしては顔色が悪い気が……。

そう思いながら、ふと彼の肩に目を移す。

白いシャツに赤く滲《にじ》んだものが見えたように思えて、それが気になったのだ。

「――あ…っ」

その直後、男の上半身が突然ぐらつく。

シャロンの声で男の唇が僅《わず》かにひくつき、返事をしようとしているのが見て取れる。

しかし、傾いた身体からは見る間に力が抜け落ちていき、そのまま床に倒れ込んでしまった。

「ちょ…っ、ちょっと!?」

シャロンはびっくりして男の傍に膝をつき、肩を揺すった。

けれども、男の目は固く閉じられてぴくりとも動かない。

しかも白いシャツに滲んだ赤色が先ほどより広がっているように思えて、シャロンは改めて目を凝《こ》らした。

——これって……。

「……血……？」

よくよく見れば、男の後頭部付近の髪まで血に染まっている。今まで後ろ姿を目にすることがなかったから気づかなかったが、彼は頭と背中に怪我をしているようだった。

「ど…、どうしよう……っ、どうしたら……っ!?」

途端にシャロンは蒼白になる。

男は倒れ込んだまま動く気配もない。

まさか死んだわけではと、シャロンはびくびくしながらその口元に耳を近づけた。

「あ…、…い、……生きてる……」

微かな呼吸音が耳に届き、大きく胸を撫《な》で下ろす。

胸も僅かに上下しているから、一応生きてはいるようだ。

だからといって安心できる状況ではない。手当てが先か、人を呼ぶのが先かと混乱しながらシャロンは立ち上がろうとした。

「シャロン、これはどういうことだ!?」

「……あ…」

と、そこで背後から声がかけられる。

振り向くと、居間の扉の前に父と兄が呆然と立ち尽くしていた。

「この男は誰だ？　シャロン、何があった!?」

「お父さん、スコット兄さんも……、お帰りなさい……」

「挨拶などどうでもいい！　シャロン、何があったか言うんだ！」

言いながら、もの凄い形相で兄のスコットが駆け寄ってくる。

もしかすると、シャロンがこの男に襲われたと思っているのかもしれなかった。

「あ…、ち、違うの…っ」

「何が違う…ッ!?」

「だからそうじゃなくて…っ、別に襲われたとかではないのよ。お腹が空いているようだったから食事をあげただけで……」

「え…？　食事……？」

「そうなの。その…、全身ずぶ濡れで靴は片方しか履いていないし、すごく怪しく見えるかもしれないけど、素行の悪い人ではなかったわ。ずっと普通に会話していたの。なのに突然倒れてしまって……。ほら見て…、すごく血が出てるでしょう？　この人、酷い怪我をしているみたいなのよ」

シャロンは言いながら、男の肩口を指差す。

父と兄は強ばった表情で近づき、赤く染まったシャツに目を丸くする。

だが、すぐには思考が追いつかないようで、二人は困惑した様子で固まっていた。

とはいえ、シャロンのほうもこれ以上説明できることはない。今はこの怪我人をどうにかするのが先だった。

「スコット兄さん、手を貸して！」

「え…」

「ひとまず部屋に運ぶわ。このままにはしておけないもの」

「部屋って……」

「空き部屋ならいくつかあるでしょ？　ここから一番近い部屋は……」

「シャロン、しかしこの男は」

「いいから手伝って！　怪我人を放っておけないわ！」

「……ッ、わ…、わかった」

妹の剣幕《けんまく》に押され、スコットは躊躇い気味に頷く。

助けを借りたくて強い口調になってしまったが、わかってくれてよかった。

父もそのやり取りでようやく事の次第を理解したらしく、気持ちを切り替えた様子で近づいてきた。

「スコット、ここは男二人で運んだほうが早い。おまえは彼の左肩に腕を回すんだ」

「は、はい……ッ」

父が男の右肩に腕を回しながら指示すると、兄は慌てて左肩に腕を回す。

そのまま二人で男を居間から運び出し、居間から一番近い空き部屋へとまっすぐ向かった。

男をベッドに横たえると、シャロンたちは一息つく間もなく部屋を飛び出す。

すぐに清潔な布を大量に用意して、とりあえず布で傷口を覆った。濡れたままでいさせるわけにもいかないので、兄の寝間着なら大きさが合うだろうということになり、皆で奮闘しながらなんとか着替えさせた。

しかし、ここにいる誰一人として彼を知らない。

この異常な事態に皆どうすればいいのかわからず、困惑するばかりだった。

「……シャロン、その…、おまえは本当にこの男が誰なのか知らないんだよな……？」

「ええ、知らないわ」

「そう…か。そうだよな……」

念を押すようにスコットに聞かれたが、知らないものは知らない。

シャロンが否定すると兄は自分を納得させるように頷いていたが、男が訪ねてきた状況を見ていないのだから、疑う気持ちもわからなくはなかった。

ともあれ、この男は怪我をしているのだ。

放っておくことはできないというのが皆の共通した認識だったため、シャロンたちは急いで医者を呼ぶことにした。

医者はそれからすぐに駆けつけたが、男の怪我を一通り確認すると、『今のところ命に別条はなさそうだが、傷が悪化すればどうなるかわからない』と眉をひそめた。

どうやら男には『強い打撲痕《だぼくこん》』があるようで、医者は不審そうにシャロンたちを見たが、自分たちがやったのではないと慌てて状況を説明すると、なんとも言えない同情の眼差しを向けられた。

医者は一応の手当てをしてくれたが、普通の町医者にできることは限られている。とにかく安静にさせるようにと繰り返し言われたので、ひとまずその夜は男の様子を見守ることにした。

けれど、問題はそれだけでは終わらなかった。

男は高熱を出してしまい、傷も痛むようで苦しげに呻《うめ》きはじめたのだ。

その様子は黙って見ていられるものではなく、父も兄も頻繁《ひんぱん》に様子を見に来るほどだった。シャロンもこのままでは本当に死んでしまいそうに思えて不安になり、父の了承を得たうえで一晩中男の看護をしていたのだった——。

――その翌朝。

「……う…、ん……」

男の意識が戻ったのは、酷い高熱が僅かに落ち着いた頃だった。

シャロンは彼が眠るベッドの傍に椅子を置き、朝日を感じながらウトウトしていたが、微かな声に気づいてハッと顔を上げた。

「お…ッ、起きたの!?」

「……君…は…」

男はゆっくりと瞬きをしていた。

シャロンに顔を向けると、ぼんやりした様子で見つめてくる。

まだ意識がはっきりしていないようだったが、シャロンは身を乗り出して男に顔を近づけた。

「大丈夫？　傷は痛まない？」

「……傷？」

「えぇ、あなた酷い怪我をしていたのね。まったく気づかなかったわ」

「怪我…？　俺が……？」

「そうよ。後頭部と肩甲骨の辺りに」

シャロンが頷くと、男は怪訝《けげん》そうに眉をひそめる。

まるで身に覚えがないといった顔だった。

しかし、いくらなんでもそんなわけがない。医者は酷い打撲の痕があると言っていたし、シャロンだって痛みでうなされる彼を一晩中見ていたのだ。

「あ…、ねぇ、あなたの名は？　私はシャロンよ」

「シャロン…？」

「そう」

「……俺は……、……、ラン…――」

「ラン？」

「……、ラ……、……ラ…ン……」

「ランというの？」

「……？」

ずいぶんかわいらしい名だ。

そう思って問いかけたが、男はなぜか腑《ふ》に落ちない様子だ。

「そう…なんだろうか……」

程なくしてそう答えるが、なんだかはっきりしない。

自分の名を聞かれてこんな反応をする人なんてはじめてだ。

戸惑いを隠せずにいると、彼は不思議そうにシャロンを見上げ、信じがたいことを口にしたのだった。

「俺は…、誰だろう……？」

「え…？」

「どこから……、来た……？」

「……え？　な、なに…？　どういう…こと？」

シャロンはわけがわからず聞き返すことしかできない。

けれど、男は眉間に皺《しわ》を寄せて黙り込み、なかなか答えてくれない。

「……、……わからない……」

しばし間を置いて、呆然とした様子でそう答えるだけだった。

一体、何が起こっているのだろう。

青空のように澄んだ瞳。

嘘をついている者の目ではない。

――まさかこの人……。

シャロンの中で一つの可能性に辿りつき、おそるおそる口を開いた。

「あなた、もしかして……、記憶がないの……？」

「え…？」

その問いかけに、彼はゆっくり瞬きを繰り返す。

しばしの沈黙が部屋を包み込む。

やがて微かに首を傾げると、彼はシャロンをじっと見つめた。

「……そう……かもしれない……」

「ッ!?」

愕然とした男の表情。

言われてはじめて自覚したといった様子だった。

シャロンは驚きのあまり言葉を失う。

この家を訪ねてきたときにはすでに記憶がなかったのだろうか。

それとも高熱を出したことで一時的に曖昧《あいまい》になっているだけなのか……。

シャロンにはわからないことだらけだったが、今の段階で一つだけはっきりしているのは、不安げに瞳を揺らすこの男が、本人でさえどこの誰かもわかっていないということだった——。

❀　❀　❀

——二日後。

爽やかな風が吹く初夏。

シャロンは窓から降り注ぐ太陽の光を背に、家の敷地に建つ物置小屋をせっせと掃除していた。

物置小屋と言っても、比較的新しいこともあってそれほど汚れてはいない。

綺麗に片付ければベッドを置く場所を確保できるうえに、椅子やテーブルを置いてもまだ余裕がある。一人部屋と考えれば充分な広さがあった。

「……シャロン、こんなに世話になっていいんだろうか」

掃除をしていると、申し訳なさそうに声をかけられる。

シャロンは先ほど小屋に運んだベッドのほうに顔を向けると、首を横に振った。

「ラン…、気にしないで。困っているときはお互いさまだわ」

「だが……、君にも、君の家族にも迷惑をかけて……」

「大丈夫よ。父も兄も、怪我人を放り出すような人でなしではないもの」

「……すまない」

「そんな顔をしないで。それに、どうせなら『ありがとう』のほうが嬉しいわ」

「ありがとう……？」

「どういたしまして」

シャロンはにっこり笑ってベッドに近づく。

すると、男もつられて小さく笑い、遠慮がちに頷いた。

目が覚めてから今日で二日が経ったが、彼の記憶はまだ戻らない。

だから、シャロンは彼を『ラン』と呼ぶことにした。本当の名かどうかはわからないけれど、最初に聞いたときにそう答えたという単純な理由からだった。

――だって世話をする相手の名をどう呼べばいいかわからないなんて、すごく困るんだもの……。

シャロンはベッドの傍に立ち、その男――ランの頭の包帯《ほうたい》に手を伸ばす。

声をかけずに触れてしまったが、清潔な包帯に取り替えるためだとわかっているからか、彼は大人しく身を預けていた。

「痛みはある？」

「……ときどき」

「早く良くなるといいのだけど……」

「……」

「あの…、こんな場所しか用意できなくてごめんなさい」

「……？　なぜ君が謝るんだ？　謝罪すべきは俺のほうなのに」

「だって……」

シャロンは表情を曇らせ、小さく息をつく。

この二日間、ランは家の空き部屋で安静にしていた。

けれど、今日からはこの小屋で過ごさなければならないのだ。

本当は反対したかったが、シャロンにはどうすることもできなかった。

ランの身元も、ずぶ濡れでやってきた理由もいまだにわからない。普通とは思えない怪我をしていることを考えれば面倒事に巻き込まれる可能性があり、彼を追い出していたとしても不思議ではなかっただろう。

しかし、父は無骨な見た目をしているが、心根はとても優しい人だ。

シャロンは小さな頃から『困っている人がいたら力を貸してあげなさい』と言い聞かせられてきたし、父自身も困っている人にはいつも手を差し伸べてきた。

それで損をすることもあったが、そのときは『仕方ない』と笑って済ませてしまうお人好しでもある。だから今回も躊躇いはあるものの、父は怪我をしているランを放り出したりはしなかった。

それでも二人が仕事に出てしまえば、日中は家にシャロンとランだけになる。

いくら怪我をしているといっても相手は若い男だ。気心の知れた相手ならまだしも、そうでない彼を簡単に信用することはできない。

考えあぐねた末に、『ランの怪我が治るまで』という条件付きで、普段は物置として使っているこの小屋でなら面倒を見てもいいということになったのだ。

「なるべく様子を見に来るわ。包帯も取り替えなくてはならないし」

「すま…、……ありがとう」

ランは言いかけた言葉を呑み込み、静かに微笑む。

この人は、なんて綺麗に笑うのだろう。

微かに心臓が跳ねるのを感じながら、シャロンは新しい包帯を手に取った。

「――シャロン、棚を持ってきたんだが、どこへ置けばいい？」

「スコット兄さん」

と、そこへ兄のスコットがやってきた。

小屋にはベッドとテーブルと椅子があるが、さすがにそれだけでは寂しすぎる。せめて収納棚くらいは必要だということで、急遽《きゅうきょ》スコットが用意してくれたのだ。

けれど、用意してくれたその収納棚は思いのほか大きい。

一人で運べる重さではなかったようで、小屋の入口にはガタイのいい若い男が待機していた。彼はおそらく兄の仕事仲間だ。シャロンも何度か見かけたことがある人だった。

「えぇと、じゃあ…、ここに置いてもらえれば」

「そこだな。わかった。エド、そっち持ってくれ」

「うっす」

シャロンはあらかじめ決めていた場所を指差す。

すると、スコットは仲間の男と協力して、小屋に棚を運び入れた。

急いで用意したにしては、なかなか立派な収納棚だ。

床に置かれたそれを繁々と眺めながら、シャロンは笑みを浮かべた。

「スコット兄さん、また腕を上げたのね」

「……まぁな」

「素敵な棚ね。引き出しの取っ手も凝ってるわ」

「やるからには手を抜きたくないんだ」

「ふふっ、さすがだわ」

「じゃあ…、俺はこれで仕事に戻る。――エド、手伝ってもらって悪かったな。次の休みにでも酒を奢《おご》るよ」

「うっす！」

収納棚を運び終えると、スコットたちはたわいない話をしながら小屋を出て行こうとしていた。

だが、

「――あ…ッ、あの…っ！」

それを追いかけるように、不意に声が上がった。

声のほうに一斉に目を向けると、ランがベッドから下りようとしていた。

――まだ動ける状態ではないのに……っ！

シャロンは慌てて駆け寄り、ランの身体を支える。

彼は「すまない」と小さく言うと、スコットに目を向けた。

「本当に…、なんと言っていいのか……。ありがとうございます……」

ランはそう言って静かに頭を下げる。

突然の行動にスコットは僅かに目を見開き、驚きの表情を浮かべていた。

しかし、スコットはすぐに難しい顔になって、ふいっと顔を背けてしまう。仕事仲間の男を外に促すと、何も答えぬまま自身も出て行こうとしていた。

「スコット兄さん…っ！」

すかさずシャロンが声をかけると、スコットはぴたりと足を止める。

けれども、引き留めたもののなんと続ければいいのかわからない。礼を言われているのに無視をするなんてと文句が出そうになったが、場の空気を悪くしてしまう気がしてぐっと堪えた。

「あ…、えっと。ううん、ありがとう」

「……、……怪我人だからな」

とりあえず自分からも礼を言うと、スコットは僅かな沈黙のあとにぼそっと答えてそのまま小屋を出て行った。

徐々に遠くなる二人の足音。

その足音を耳にしながら、シャロンはランに目を向ける。

彼は青い瞳を揺らして、とても哀しそうな顔をしていた。

「……やはり…、迷惑なんだろうな……」

「そ、そんなこと」

「すまない……」

「ちっ、違うわ！　スコット兄さんは人見知りなだけよ。あ、ほら、この棚！　今運んでくれた棚は兄さんが作ったのよ！」

「え…？」

「小屋の中もね、スコット兄さんがあちこち補修してくれたの。いくらなんでも居心地が悪いだろうからって」

収納棚や小窓、壁などを指差しながらシャロンは大きく頷く。

彼の哀しげな顔を見ていたくなくて、元気づけようと必死になってしまった。

「その…、父は家具職人をしているの」

「家具職人……？」

「ええ、娘の私が言うのもなんだけど、すごく腕がいいって評判で……。この辺りでは少し名の知れた職人なの。スコット兄さんは、その跡を継ぐべく修業中の身なのよ」

「……あぁ、それでこんなに器用なことが」

「なかなか素敵な棚でしょう？」

「あぁ、これは驚いたな」

ランは感心した様子で頷き、食い入るように棚を見つめている。

自分のことでなくとも、こんなふうに反応してもらえるとなんだか照れくさい。

先ほどの態度からして、兄はランを好意的には見ていないのかもしれないが、それでも協力はしてくれた。

スコットは誰よりも父を尊敬し、家族を大切にしている。

だからこそ、どこの誰かもわからないランを、迷いながらも父が受け入れたことに戸惑っているのかもしれない。

もちろん、その気持ちはシャロンも理解できるが、それで追い出していたなら今頃ランはどうなっていただろう。

まして記憶がないなんて、どれほど不安だろうか。

そう考えると、自分たちの行動が間違っているとは思えなかった。

「さぁ、ベッドに戻りましょう。ランは怪我を治すことだけに専念すればいいの」

シャロンは笑顔で言うと、彼の身体を支えてベッドに促す。

ランは素直に頷き、ゆっくり腰を下ろした。

「……シャロン、ありがとう」

まっすぐシャロンを見上げる青い瞳。

目が合った途端、心臓が大きく跳ねてなぜか顔が熱くなる。

「そ…、そんなこと。……あ、包帯を替えなくてはね……っ！」

そういえば、包帯を取り替える途中だったと、シャロンは慌てて近くのテーブルに手を伸ばした。

そのとき、

――ギ…ッ。

唐突に扉の開く音が響いた。

スコットが忘れ物でもしたのだろうか。

そう思いながら何げなく扉に目を向けると、不意に一人の青年が顔を覗かせ、ふらりと小屋に入ってきた。

「よう、シャロン」

「ルーク？」

焦げ茶色の髪と瞳。日焼けした肌。

その青年のことをシャロンはよく知っていた。

彼の名はルーク。自分と同じ十七歳の、近所に住む幼なじみだった。

「いきなりどうしたの？　ノックくらいしてよ」

「なんでだよ。物置小屋に入るのにそんなの必要ないだろ」

「だめよ、今日からはそうして」

「ふーん……」

シャロンの言葉に生返事をしながら、ルークはベッドのほうに目を向けた。

「……こいつが噂の男か」

ルークはぼそっと呟き、不躾《ぶしつけ》なまでにじろじろとランを見ている。

彼は誰かからランのことを聞いてきたのだろうか。

観察するような様子に、シャロンは眉をひそめ、替えの包帯を手に取った。

すると、ルークはむっとした顔で近づいてきて、いきなりシャロンの腕を掴んだ。

「痛…っ、な、なにするの……っ」

「来いよ」

「えっ」

「早く！」

「ちょ、ちょっとルーク!?」

ルークはシャロンをぐいぐいと引っ張っていく。

いきなりの行動に戸惑ったが、ルークは物置小屋の外までシャロンを強引に連れ出すと、途端に声を荒らげた。

「どういうことだよっ!?」

「……ッ!?」

「なんでシャロンがあの男の面倒を見なきゃならないんだ！」

「な…、なんでって、彼は怪我をして記憶が……」

「それはおまえの親父さんから聞いたよ！　だけど、どう考えても怪しすぎるだろ!?　追い出すどころか、わざわざ面倒見るなんて何考えてんだよ！」

「だって……」

「だってじゃないだろ!?　そんな義理はないだろうが！」

「そ…、それはそうかもしれないけど……」

次々と捲《まく》し立てられ、シャロンは気圧されてしまう。

そんなに一方的に言わなくてもと思ったが、心配してくれているのは伝わるので下手に言い返せない。

どうすればうまく説明できるのかと言葉を探していると、ルークは苛立《いらだ》った様子で親指の爪を噛んだ。

「ったく、親父さんも親父さんだ、どうしてこんなに脇《わき》が甘いんだ。相手が嘘をついてる可能性を疑いもしないいんだから……っ」

「……嘘？」

「あのなぁ、少しは疑えよ。なんだって初対面の相手を簡単に信じるんだ。目的があって近づいてきたかもしれないだろ？」

「……」

――目的？　意味がわからない。

なぜランを疑う必要があるのだろう。大怪我を負ってやってきた彼が、わざわざ自分たちに嘘をつく理由があるとはとても思えない。

シャロンはむっとして唇を引き結ぶ。

自分だけならまだしも、父まで貶《おとし》められたようで気分が悪い。

――だいたい、なんでこんなに大声なのよ。

物置小屋を出た途端に大声を出すだなんて、これでは中にいるランにわざと聞かせているようなものだ。

「彼は嘘をついていないわ」

「どうして断言できるんだよ」

「目を見ればわかるからよ」

「はぁ？」

「そうよ。ルークも彼と話せばわかるはずだわ」

「……目ねえ……。本当にそれだけかよ？」

「どういう意味よ」

ルークは訝しげに扉を見ると、乾いた笑みを浮かべてシャロンに視線を戻した。

「あいつ、ずいぶんいい男だよなぁ？」

「え…？」

「この辺でも金髪で碧眼のやつはいるけど、雰囲気が全然違う。女って、ああいう整った甘い顔立ちに弱そうだよな。おまえ、フラフラ惑わされてんじゃないのか？」

「な…ッ!?」

からかうような物言いに、シャロンは口をぱくつかせる。

ルークは普段から口は悪いが、こんな嫌な言い方をされたのははじめてで、さすがのシャロンもカチンときた。

「最っ低ね！　勝手にそう思ってれば!?」

「なんだと!?」

「じゃあ何よ!? 私がフラフラ惑わされたから面倒を見ているって言うの!?」

「そういうわけじゃ」

「ルークの人でなし! 冷血漢ッ! どんな酷い怪我かも知らないくせに馬鹿な決めつけをしないでよ…ッ! こんなに薄情だとは思わなかったわ!」

「お、おい…ッ」

「帰ってちょうだい! しばらく来ないで!」

「シャロン!」

「さよーなら!」

シャロンは感情のままに言い放ち、摑まれていた手を振りほどく。

ルークが慌てる様子は伝わったが、無視して勢いよく扉を閉めると、それを追いかけるように扉が開きかけた。

今は顔も見たくないと思い、シャロンは咄嗟《とっさ》に取っ手を握り締める。

ルークのほうも外側の取っ手を握っているようで、そのまましばらく互いの攻防が続いて扉がガタガタと音を立てていたが、程なくしてその動きが止まった。

「……また来るからな!」

不服そうな声が聞こえ、やがて立ち去る足音がした。

シャロンは数秒ほど聞き耳を立てていたが、遠ざかる足音にほっと息をついて取っ手から手を放す。

視線を感じて振り向くと、ベッドの傍で立ち尽くしたランと目が合った。

「あ…っ」

「……」

「い…、今の…、聞いて……」

「……」

あんな大声で話していれば、嫌でも聞こえる。

目を伏せて俯くランを見てシャロンは慌てて駆け寄った。

「あんなの気にしなくていいから…ッ！」

「だが、俺のせいで喧嘩《けんか》に……。彼は…、その…、君の恋人じゃないのか……？」

「恋…っ!? ちっ、違うわ、ルークはただの幼なじみよ！」

「幼なじみ…？」

「そう、一応同じ歳だけど弟のような存在というか……。だからね、あれくらいの喧嘩はそう珍しいことではないのよ」

「しかし……」

「それより、ルークが酷いことを言ってごめんなさい。あなたが嘘をついているだなんて、そんなの話してみればわかることなのに」

「……いや…、彼の言うことはよくわかるよ」

ルークの代わりに謝罪すると、ランはぎこちなく首を横に振った。

気にするなと言っても、さすがに今は無理なようだ。

ただでさえ不安な状況だというのに、心ない言葉で追い打ちをかけられて落ち込んでいるのが見て取れる。

これほど素直に感情が顔に出る人が、どうして嘘などつけるだろう。

その顔を見ているうちにシャロンは胸が痛くなってきて、無意識に彼の手を握り締めていた。

すると、ランはやや驚いた顔で、その手をじっと見つめる。

家事で荒れた自分の手……。

急にそれを思い出して、シャロンは慌てて手を放した。

「どうしたんだ?」

「……あ…、その……、私の手…、ガサガサだから……」

「え?」

「あなたの手のほうがすべすべで……、なんだか恥ずかしくて……」

ランの手は、男の人とは思えないほど綺麗だった。

形のいい爪。滑《すべ》らかな肌。

長くしなやかな指。

それに比べて、自分の手は形は悪くないもののガサガサだ。

こんなことは今まで気にしたこともなかったのに、どうしてランに手を見られると恥ずかしくなるのだろう。羞恥を覚えてシャロンが手を後ろに隠そうとすると、咄嗟にランに摑まれてしまった。

「あ…っ」

「それでいつも隠していたのか。そんな必要はないのに……」

「……え」

「君の手は、とても綺麗だと思うよ」

「……ッ!?」

誰が聞いてもお世辞だと思える言葉だった。

いくらなんでも、こんな荒れた手が綺麗なわけがない。

それなのに、ランがシャロンの手を見つめて柔らかな笑みを浮かべるから、途端に顔が熱くなってしまう。

男の人にこんなことを言われたのははじめてで、どうすればいいのかわからない。

シャロンは激しく動揺しながら、わたわたと包帯を指差した。

「あ、あの…ッ、包帯……っ！」

「包帯？」

「そう、早く替えて休んだほうがいいわ！」

「……あぁ」

「じゃ、じゃあ…、ベッドに座ってくれる？　できれば少し斜めに……っ。肩の包帯も取り替えたいから」

「わかった」

そう言ってランをベッドに座らせると、シャロンは真っ赤な顔を隠すためにさっと彼の後ろに回り込んだ。

けれど、頭と肩の包帯を取ってその傷があらわになるや否や、浮き立った心は見る間にしぼんでしまう。

僅かに血が滲んだ後頭部。

肩口から肩甲骨にかけての裂傷と紫色に変色した打撲痕。

治るには、それなりに時間がかかるだろう。下手に動けば今にも傷口が開きそうなほど痛々しかった。

それなのに、ランは泣き言一つ言わない。

聞いても具体的な痛みを訴えることもしない。

だからシャロンは痛みの程度がよくわからず、どれほどの強さで包帯を巻いていいものか毎回悩んでしまう。

起きているときは普通に話をしていても、眠っているときはうなされていることがあるから痛みは相当酷いはずだ。そう思って、なるべく力がかからないように気を遣いながら清潔な包帯に取り替えていった。

「終わったわ。さぁ、横になって」

「あぁ…」

シャロンはランをベッドに促す。

彼は大人しく横になり、シャロンをじっと見上げた。

「な、なに…?」

「……いや」

もの言いたげな眼差し。

問いかけても彼は小さく首を横に振って何も言おうとはしない。

だが、その青い瞳が不安に揺れているのに気づいてシャロンは顔を曇らせる。

先ほどのルークの言葉を思い出しているのだろうか。

躊躇いがちに手を差し出すと、彼は微かに唇を震わせてその手を取り、安心した様子で息をついた。

「昼食ができたら起こすから、それまでゆっくり休んで……」

「……」

「もう誰も来ないから大丈夫よ」

「……、……ありがとう……」

吐息《といき》をつくように頷き、彼はゆっくり目を閉じる。

よほど疲れたのだろう。ランはそれから数秒もしないうちに眠りに就き、すぐに寝息が聞こえはじめた。

シャロンはほうっと胸を撫で下ろす。

しかし、そこで不意に自分の手のひらが汗ばんでいることに気づいてハッとした。

慌てて手を引っ込めようとするが、いきなり放せば彼を起こしてしまいかねないと既《すん》のところで動きを止める。ランと目を合わせていると妙に緊張してしまうのが不思議でならなかった。

『――おまえ、フラフラ惑わされてんじゃないのか？』

「……ッ!?」

瞬間、先ほどのルークの言葉が頭を過《よぎ》ってギクッとした。

――ち…っ、違うわ…ッ！

シャロンは一人激しく動揺する。

そうではない。彼は怪我をしているのだ。

どこの誰かもわからなくなってしまった彼がかわいそうで手を差し伸べただけだ。

それだけのことなのに、どうしておかしな勘《かん》ぐりをされなければならないのかと憤りながらも、なぜかシャロンの動揺は治まらない。

ルークとも、父や兄とも違う彼の声を思い出すとやけに胸が騒ぐ。

食事のたびに美味しいと言ってくれることや、綺麗な手だと微笑む顔を思い出しただけで心臓がうるさくなった。

あれは、すべてお世辞だ。

そんなことは、言われなくてもわかっている。

それでも…、なんだか嬉しかった。

まっすぐな目で褒められると、心の奥がざわついた。

どうしてこんな気持ちになるのかは、よくわからない。

握られた手が熱い。放したいのに放したくない。

シャロンはランの寝顔を食い入るように見つめていたが、そんな自分にも気づくことはなかった——。

第二章

クラレンス家の朝は、とても早い。

その中でもシャロンは誰よりも早起きだ。

鳥のさえずりと共に一日がはじまり、起床後は庭の井戸で汲んだ冷たい水で汚れた服を洗濯し、それを干し終えたあとは大急ぎで朝食作りに取りかかる。それから一時間もすれば父と兄が起きて来るため、時間を見ながら料理を作っていると、やがて起床した二人が眠たげな顔でテーブルに着くのがいつもの光景だった。

「シャロン、おはよう」

「おはよう。お父さん、スコット兄さん、お腹空いたでしょう？　ちょっと待っててね。今できたところだから、すぐに用意するわ」

「あぁ、いい匂いだ」

朝の挨拶を交わすと、父と兄は各々の席に着いた。

シャロンはそれに合わせるように出来たての料理を皿に盛りつけ、テーブルに並べていく。

すべての皿を並べ終えると、シャロンも席に着いて食事をとりはじめる。父たちが仕事の話をする様子を微笑ましく見つめ、仕事場に送り出すまでが朝の一区切りとなっていた。

だが、ここ最近はそんな日常にも多少の変化があった。

父と兄が食事をする傍らで、シャロンは飲み物しか口にしない。

二人を仕事場に送り出したあとに向かわねばならない場所があるからだ。

「――そういえばシャロン。おまえ、ルークと喧嘩したのか？」

「え？」

二人を横目で見ながらそわそわと窓の外に目を移そうとしたときだった。

ほとんど食事を終えた父が、ふと思い出したようにそんなことを問いかけてきた。

一瞬なんの話かわからず、シャロンは眉をひそめたが、すぐに思い出して苦笑を浮かべた。

「喧嘩ってほどじゃないわ」

「そうなのか？　最近元気がないと思ってルークに声をかけたら、シャロンと喧嘩したとふてくされていたぞ」

「えぇ…？　ルークったらまだふてくされているの？　確かに言い合いにはなったけど、もう一か月も前のことなのに……」

「一か月…？　そんなに前のことなのか？」

「そうよ」

「……見かけによらず、ルークは繊細なんだな」

シャロンの言葉に、父は若干困惑している様子だ。

その横では、兄も同じような表情で頷いていた。

——まだ気にしていたなんて思わなかったわ。少し言い方がきつかったのかしら。

いきなり物置小屋にやってきてシャロンを外に連れ出し、ランに聞こえるように心ない言葉を吐いたルーク。相手を知らないのに決めつけで酷いことを言うから、思わずカッとなって言い合いになったが、考えてみればあのときからルークを見ていなかった。

「ともかく、こういうことを長く引きずるのは感心しない。ルークと早く仲直りしてしまいなさい」

「はい、お父さん…」

「そうだぞ。おまえたちも、もう子供じゃないんだ。喧嘩するほど仲が良いとは言うが、それだけ気心の知れた相手なんて滅多にできるものじゃない。もっと大切にしたほうがいい」

「そうね、わかったわ。スコット兄さん」

「十七歳といえば、そろそろ結婚を考える年頃だしな。なんだったら、ルークと結婚するってのはどうだ？　結構うまくやっていけるかもしれないぞ」

「えぇっ!?」

素直に頷いていたのに、突然スコットがとんでもないことを言い出すものだからシャロンは思わず大きな声を上げてしまう。

――ルークと結婚……?

正直言って、考えたこともなかった。

一応想像しようとしてみたが、ルークが自分の夫になった姿はこれっぽっちも頭に浮かばない。むしろ、冗談としか思えなかった。

「やだ、スコット兄さんったら、おかしなことを言わないで。ルークとじゃ姉弟で結婚するようなものだわ」

「……姉弟?」

「そうでしょ?」

「そ、そう…か」

シャロンがくすくす笑って頷くと、スコットは曖昧に相づちを打って頬を引きつらせた。

どうしてそんな顔をするのだろう。不思議に思っていると、スコットは父と目を合わせて苦笑した。

「どうかしたの?」

「いや…、なんでもない。じゃあ、そろそろ行くよ」

「おっとこんな時間か。少しのんびりしすぎたな」

きょとんとしていると、二人ともはぐらかすように立ち上がる。

まさか本気でルークを相手に考えていたのではと頭の隅で思ったが、やはり想像ができなくて噴き出しそうになってしまう。そのまま玄関まで二人についていくと、不意に父が振り返った。

「あぁそうだ、シャロン」

「なぁに、お父さん」

「今日は少し遅くなりそうなんだ。ファーウッド伯からいただいた注文の品を、午後にお届けしなければならないんだよ。スコットも一緒に行くから、悪いが夕食は一人で済ませてくれるか？　おそらく我々の夕食は、いつものように向こうで用意してくださると思うんだ」

「まぁ！　また伯爵さまから依頼をいただいていたなんて知らなかったわ」

「あぁ…、ありがたいことだ。そもそも過去の縁がなければ、接点など持てる方ではなかったからな」

「けれど、貴族の人たちは良いものに囲まれて生活しているのでしょう？　義理で何度も声をかけてくれるものかしら……。夕食だっていつもご馳走してくれて、敬意をもって接してくださっているように感じるわ」

「……だったら嬉しいな」

「ふふっ、夕食のことは気にしないで愉しんできてね」

照れくさそうな父の顔。

どんなにすごい話でも、少しも偉ぶろうとしないところが父らしい。

そんな父をシャロンはニコニコ笑って見つめていたが、ふと視線を感じて隣の兄に目を向けた。

「どうかした？　スコット兄さん」

「……あ、いや……。その…、夕食は…、一人で食べるのか？」

「ええ、そんなに心配しなくても平気よ」

「そう…か……」

「……？」

なんだろう。やけに奥歯に物が挟まったような言い方だ。

心配しているのかと思ったが、そういうことではないのだろうか。

聞きたいことが別にあるのかと思って首を傾げていると、スコットは躊躇いがちに口を開いた。

「その…、物置小屋で食べるのかと……。最近、朝食も昼食も向こうでとっているようだから……。彼と……」

「え…っ!?　か、考えすぎよ！　私はただ、あんなところで一人で食べても美味しくないだろうと思っただけで……。だってほら、怪我はずいぶん良くなってきたけど、ランはまだ何も思い出せていないんだもの……っ。だからいろいろと話をしているうちに、記憶を取り戻すきっかけが見つかるかもしれないって……」

「本当に…、それだけか？」

「え…、え、えぇ……。もちろんよ。それにこのことは、お父さんに相談して了解をもらっているし……」

スコットはどうしてそんなことを聞くのだろう。

やはりランが気に入らないのだろうか。

困惑しながら答えるが、なぜかシャロンは動揺していた。

父の了承はちゃんと得ているのに、どうして言い訳じみた口調になっているのか自分でもよくわからなかった。

「シャロン、その『彼』のことなんだが」

「え…？　な、なに、お父さん……」

すると、そこへ父も話に入ってくる。

もしや父も不満なのでは……。そう思って肩をびくつかせると、父は僅かに考え込む様子を見せながら思わぬことを言い出した。

「ファーウッド伯にも、彼のことを聞いてみようと思うんだ」

「……え？」

「この一か月、取引先の人たちにはそれとなく話をしてみたが、行方不明者の情報は何一つ得られなかった。だから念のために伯爵にも聞いてみようかと思ってな。我々とは違う世界で生きてきた可能性もあるから……」

「ち、違う世界って……？」

「もちろん、可能性の域を出ない話だとは思っている。しかし、調べてみれば彼の着ていた服はずいぶんと仕立てのいいものだったうえに、片方だけ履いていた靴も高級な革が使われていた。身元がわかるようなものは何一つなかったが、それなりに裕福な生活をしていたことは間違いない」

「……っ」

シャロンはごくっと唾を飲み込む。

父は、ランが貴族と関わりのある人だと思っているのだろうか。

けれども、この辺りには貴族の屋敷はない。

偶然に通りかかること自体、考えづらかった。

そもそも、良い服を着ていたからといって身分の高い者とは限らない。貴族階級でなくても裕福な家はある。今は貴族だろうが、困窮すればたちどころに没落する時代だ。

だとしても、父の行動は間違ってはいないのだろう。

さまざまな人に聞けば、それだけ手がかりを摑める可能性も広がるからだ。

「では、行ってくる。戸締まりはしっかりしなさい」

「は、はい…。行ってらっしゃい……」

父の言葉に小さく答え、シャロンは二人を見送った。

姿が見えなくなるまでその場で立ち尽くしていたが、徐々にもやもやとした気持ちが湧き上がってくる。

――気のせいか、釘を刺されたような……。

だが、具体的に何に釘を刺されたのかがよくわからない。

もしかして、ランとはあまり仲良くしてはいけないと遠回しに言われたのだろうか？

シャロンだって、この生活がずっと続くわけではないことは理解している。

はじめから、ランの怪我が治るまでという話だったのだ。

とはいえ、あの優しい父は、怪我が治ったからといっていきなり放り出すことはしないはずだ。そのためにいろいろな人から情報を得ようとしているわけで、身元がわかればすぐにでもランはここからいなくなるだろう。どのみち、いつかは別れの時がやってくることは、誰に言われずともわかっていた。

――それはわかっているのだけど……。

にもかかわらず、シャロンは胸に痛みを感じてしまう。

その痛みの理由まではわからなかったが、今まで感じたことのない悶々《もんもん》とした気持ちが胸の奥に渦巻いていた。

「あっ、朝食…ッ。早く持っていかないと…っ！」

そこでシャロンはハッと我に返る。

慌てて台所に向かうと、シャロンは用意していた二人分の食事を素早くワゴンにのせていく。そのまま外に出ようとしたが、包帯を忘れていたことに気づいて再び家に駆け戻った。

いつもより遅くなってしまった。

きっとお腹を空かせて待っているに違いない。

再び外に出たときは先ほどの胸の痛みのことなどすっかり忘れ、シャロンは大急ぎでランのいる物置小屋へと向かったのだった。

❀ ❀ ❀

「――おはよう、シャロン」

それから程なくしてシャロンが物置小屋に着くと、ワゴンを押す音が聞こえたのか、ランが扉を開けて出迎えてくれた。

「ラン、おはよう！　お腹空いたでしょう？　遅くなってごめんなさい」

「忙しかったんだろう？　これくらい遅いうちに入らないよ」

「そ…、そう……？」

「あとは俺がやろう。シャロンは椅子に座って休んでいて」

「えっ、で、でも……っ」

そう言うと、彼はワゴンに手をかけ、ゆっくり押していく。

けれども、ランがまともに動けるようになったのは数日前のことなのだ。

シャロンはそんなことをさせるわけにはいかないと焦ったが、彼は心配をよそに平然とした様子で小屋に入っていく。扉の前でハラハラして見ていると、ランはテーブルの脇でワゴンを停めてからシャロンのもとまで戻ってきた。

「中へどうぞ」

「あ…、は、…はい……」

優しく促され、シャロンは密かにドキドキしながら歩を進める。

小屋の中程まで進んだところで、ギ…と扉の軋《きし》む音が響き、振り向くとランが最後まで扉を閉めてシャロンに目を向けた。微かに首を傾げ、柔らかな笑みを浮かべる彼に、シャロンの心臓は大きく跳ね上がった。

「座らないの？」

「す…っ、座ります……っ」

「では、こちらへどうぞ」

蕩《とろ》けるような微笑に、一気にシャロンの顔が熱くなる。

椅子を引いて座るように促され、ぎくしゃくした動きで腰かけた。

こんなことを誰かにしてもらうことに慣れていないから、どうしていいかわからない。

ランはシャロンの動揺に気づくことなく、テーブルに皿を並べている。途中、ワゴンの下の段に鍋が置かれているのに気づいたようで、彼はそれを取り出して蓋《ふた》を開けると、中のシチューを見て嬉しそうに唇を綻ばせていた。

綺麗に並べられていくフォークとスプーン。

よく見ると、料理の皿は二人の対極になる位置にきっちりと置かれている。

彼はパンの入ったバスケットをテーブルの中央に置くと、シチューを皿に流し込んでいった。その滑《なめ》らかな動きと、整然と並ぶ朝食がやけに美味しそうに見えてシャロンは思わずごくっと唾を飲み込んだ。

「……ランは、並べるのが上手ね」

「え…？」

「あ…、その…、お皿の並べ方とか、フォークやスプーンの置き方とか……、どうすれば綺麗に見えるかなんて、私は考えたこともなかった。だから、すごく美味しそうに見えてびっくりしたの」

「特に何も考えずに並べていたが、そういうものか？」

「ええ、とても上手だわ」

「……君は…、褒めるのが上手だな……。なら、並べるのは今度から俺がやろう」

「あ…、そんなつもりで言ったわけじゃ……っ」

「いいんだ。できることはさせてくれ」

ランは小さく笑ってシャロンの向かい側に座った。

まっすぐな青い瞳に見られると、すごく恥ずかしい。うろうろと視線を彷徨《さまよ》わせていると「食べよう」と笑いかけられて、さらに顔が熱くなるのを感じながら食べはじめた。

こんな場所に一人でいては寂しいに違いない。

食事のときくらいは、誰かと一緒のほうが美味しく感じられるだろう。

そう思ってこの一か月の間、シャロンは朝と昼の食事の時間を彼と過ごしてきた。

はじめの頃のランは起き上がるのもやっとの状態だったが、今は少し動き回れるようになって先ほどのように出迎えてくれたりもする。

だが、そんな彼の行動に、シャロンは何度も驚かされていた。

ランはシャロンを出迎えると、いつも自然な動作でさり気なく中に促してくれる。椅子に座るときに、わざわざ引いてくれるのも今日がはじめてのことではないのだ。

それだけでなく、シャロンが屋敷に戻るときは一緒に外まで出てきて、そうすることが当然のように毎回必ず見送ってくれた。

彼のように、ごく自然に女性をエスコートする男性は自分の周りにはいなかった。

だから微笑みかけられるだけで舞い上がってしまう。

まるで自分が淑女になった錯覚を抱き、一緒にいるだけでどこか別世界に迷い込んだような、不思議な気分にさせられた。

『――我々とは違う世界で生きてきた可能性もあるから……』

ふと、先ほどの父との会話が頭を過ってドキッとした。

本当にそうなのだろうか。

彼は、自分とは住む世界の違う人なのだろうか……。

確かに、漂う雰囲気や佇《たたず》まいは自分たちとは違うものを感じる。

食べ方一つとってもランはすごく綺麗で、どんなに空腹でも大口を開けてガツガツ食べたりはしない。スープはスプーンで丁寧に掬《すく》い、決して啜《すす》るような真似はせず、咀嚼《そしゃく》する音もほとんど聞こえないほど上品に味わうのだ。

シャロンには、ランが身分のある人かどうかはわからない。

身分のある人の傍で働いていた可能性もあるだろうが、少なくとも自分が受けた教育とはずいぶん違うことだけは間違いなさそうだった。

――だけど、身分のある人がいなくなったら、もっと騒ぎになりそうなのに……。

シャロンは眉を寄せて考え込む。

一か月経った今でも彼の身元はわからない。

行方不明の者がいるといった噂さえ入ってこない。

そもそも、記憶を失うほどの怪我を負い、服も髪もずぶ濡れでふらついていた時点で普通ではなかった。

「どうかしたのか？」

「あっ、な、なんでも…っ。そうだ、包帯…ッ、まだ取り替えてなかったわ」

「それは食事のあとでも……。それより、あまり食が進んでいないようだが、体調が悪いのか？」

「あ…、そ、そうよね。食事の途中なのに私ったら……。その、体調はなんともないから気にしないで」

「……それならいいんだが」

シャロンはシチューを口に運んで取り繕《つくろ》うように笑った。

考えても仕方のないことだとわかっているのに、つい考え込んでしまう。

そのあとはたわいない話をして食事を愉しみ、少し休んでからランの包帯を替えることにした。

「——頭の包帯は、あと二、三日で取ってもよさそうね。はじめは出血が酷かったから驚いたけど、痕になるような傷ではないみたい」

「そうか…。頭のほうは、もうほとんど痛みがないんだ」

「それはよかったわ。……あ、じゃあ肩のほうも取り替えるから、シャツだけ脱いでもらっていい？」

「あぁ、少し待ってくれ」

ランが座る椅子の後ろにシャロンが回り込むと、彼はシャツを脱いでいく。

徐々に肩から脇腹にかけて包帯で巻かれた大きな背中があらわになり、シャロンはその包帯を解きながら顔を曇らせた。

——頭よりも、こっちの怪我のほうが長引きそうね……。

赤黒く変色した右側の肩甲骨の辺り。

何に打ち付けられたのかはわからないが、患部の周辺は痛々しいほど大きな痣が広がっていて、見るたびに顔をしかめてしまう。

実際、痛みはまだかなりあるのだろう。少し肩を動かすだけで、ランが密かに息を詰める姿を幾度となく目にしていた。

シャロンは患部に軟膏《なんこう》を塗りながら、彼の左肩へと目を移す。

きっと、色が白いから余計に目立つのだ。

無傷の彼の左肩は、羨《うらや》ましいほどきめの細かい綺麗な肌をしている。

首筋に目を向ければ、襟足にかかる程度の長さの金髪が小窓から注ぐ日差しでキラキラと煌《きら》めく様子に釘付けになった。

「ところで、以前君の父上は有名な家具職人だと聞いたが……」

「えっ!?　え…、ええ…っ、こ…、この辺りではね……っ」

食い入るように見ていたそのとき、不意にランがこちらを振り向く。

いきなり振り向かれ、シャロンは内心ぎくりとしながらコクコクと頷いた。恥ずかしいくらいにじろじろと見てしまったから、不審に思われたのではと焦ったが、ランは特に何も気づかない様子で話を続けた。

「なら、とても忙しい人なんだろう……？」

「そう…ね。いつも朝早くから働いていてくれたんだな」

「そうか…。それなのに、俺のような得体の知れない男を置いているわ」

「……いきなりどうしたの？」

どうして自分を卑下《ひげ》するようなことを言うのだろう。

眉をひそめると、ランは唇を引き結んで窓のほうに目を向けた。

「……ずいぶん身体が鈍ってしまったから、今朝、君がここに来る前に庭を少し歩いていたんだ。そうしたら、ここが想像よりずっと広くて……、建物も、近隣の家と比べるとかなり立派なことに気づいた。それで…、君の父上が有名な職人だと言っていたことを思い出したんだ。まさかこれほどの成功を収めている人だとは思わず、失礼ながらすごく驚いてしまって……」

「それは……」

「しかし話を聞く限り、君の家では使用人を雇っているわけではなさそうだ。そのうえ、父上の仕事場は別の場所にあるという話だ」

「え、えぇ…」

「ならば、日中はここに君と俺しかいないことになる。君は家事を一手に引き受けているようだから四六時中傍にいるわけではないが、食事を一緒にとったり、包帯を替えに頻繁に来てくれるから二人きりでいる時間は長い……。俺のようなわけのわからない男を置いてくれただけでなく、こんなことをよく許してくれたものだと……」

そこまで言うと、ランは深く息をつく。

その表情からは信じられないといった感情が伝わってくるようだ。

けれど、シャロンにとっては今さらすぎる話だったために、そこまで深刻にならなくてもという気持ちのほうが強かった。それよりも、むしろランが庭を散歩できるほど動けるようになっていたことのほうに驚いていたが、さすがにこの流れでそれを口にするのはどうかと思ったので、シャロンは話を合わせるように大きく首を横に振った。

「これくらい、別に大したことではないわ」

「そんなわけがないだろう。君にも、かなり面倒をかけているんだ」

「面倒？　私はそんなこと思ってないわ。誰がそんなことを言ったの？」

「しかし……」

「ラン、そんなふうに自分を貶めてはだめよ。困っている人がいれば、普通は助けるものでしょう？　別に不思議に思うことではないし、今のあなたを誰も責めたりはしないわ。それに…、二人きりでも何か起こるわけでもないし……。私がここで食べるのだって、あなたが一人で寂しいんじゃないかと思ったからで……」

「え？」

「あ…ッ、だっ、だから私のことは気にしなくていいの！　父も、いきなり追い出したりはしないわ。今日だって、伯爵さまにあなたのことを聞いてみるって言っていたもの」

「……伯爵…さま？」

ランは目を瞬かせ、きょとんとした様子で聞き返す。

いきなり飛び出した『伯爵』という言葉に驚いたのだろう。

シャロンの家は貴族でもなんでもないのだから、なんの前置きもなく『伯爵』などという言葉が出れば、そんな反応をされて当然だった。

「その…、伯爵さまは、父の腕をすごく買ってくださっている方で、もう何度も仕事の依頼をいただいているの」

「……貴族が顧客にいるのか。君の父上は本当にすごいな」

「ええ…。といっても、この家と伯爵さまの家とはずいぶん昔から付き合いがあったみたい。そういう縁があるから、ご贔屓《ひいき》にしてくださっているところがあるんだって父はよく言ってるわ」

「では君の家は、昔からその腕を認められてきたということか」

「え？　……あ…ッ、う、ううん。そういうことではないの。今の仕事は、そんなに昔から続けてきたものではなくて……」

「……？」

首を傾げるランに気づき、シャロンは口ごもった。

今の話し方ではそう理解されても仕方なかったが、本当はもう少し複雑な事情があるのだ。

――順序立てて人に説明するのって、難しいのね。

シャロンは眉を寄せて考え込む。

昔のことをわざわざ口にすることに躊躇いはあったが、隠すような話でもない。上手な言い回しが浮かばず、回りくどい説明も苦手だったため、シャロンは考えあぐねた末にこの家の事情を話すことにした。

「その…、この家は、祖父の時代まで貴族だったのよ」

「えっ!?」

「こういうの、没落貴族って言うのかしら……。貴族を続けるのって大変みたい。お金がなくて貴族として家を維持できなくなったんですって。この家は、使用人たちの最後のお給金を工面したあと、唯一残った土地を売って建てたって聞いたわ。だから、近隣の家より立派だというのも単に昔の名残というだけで、別に父が建てたわけじゃないのよ」

「そう…だったのか……」

シャロンは小さく頷く。

彼が感じたように、この家は他の家よりも大きい。

没落したとはいえ、その頃はまだ一般的な庶民とは感覚が違っていたのだろう。

シャロンにしてみれば、掃除が大変だからもっと小さな家のほうがよかったが、今それを言っても仕方のない話ではあった。

「でも、祖父には感謝してるの。会ったことはないけど、新しい道を切り開くきっかけを作ってくれた人だから……」

「新しい道？」

「ええ、祖父は手先が器用な人だったようで、小さな頃からさまざまなものを自作していたんですって。没落したあとも、付き合いのあった貴族がそれを買いに来てくれたこともあったとか。きっと、友人には恵まれていたのね……。それを、本格的なものにしたのが父だったの。今では伯爵さま以外の貴族からも注文をいただくことがあるし、新しく屋敷を建てるからと、屋敷中の家具を丸ごと依頼されることもあるのよ」

「それはすごいな……」

「あっ、よかったら作業場を見てみない？　道を挟んだ隣の建物なのよ」

「……いいのか？　邪魔になるのでは」

「隅のほうで眺めるだけなら平気よ。私も、食事を届けに行く程度で頻繁に行くわけじゃないけどね。皆、身体が大きくて顔が怖いけど、気持ちは優しい人ばかりだから大丈夫」

「そうか…、それなら見てみたいな」

シャロンの言葉に、ランの表情がぱっと明るくなる。

庭を散歩できるなら作業場まで歩けるのではと誘ってみたが、嬉しそうな顔を見られてよかった。

こんなところにずっと一人でいたのでは気が滅入ってしまう。

現に、ランは後ろ向きな考えを持ちはじめていたのだ。

違う環境に触れることで、何かを思い出すきっかけになるだろうし、多少は気分も晴れるかもしれない。

密かにそんなことを考えながらランを外に連れ出し、シャロンは隣の敷地にある作業場へと向かった。

❀ ❀ ❀

家の敷地から道を挟んだ隣にある作業場。

シャロンたちは、物置小屋を出て数分後には隣の敷地に足を踏み入れていた。

見れば、作業場となっている建物の傍には、何台もの荷馬車が停まっている。そこでは体格のいい男たちが忙しない様子で作業場と荷馬車を行き来していたが、彼らは皆、ここで働いている人たちだった。

「ずいぶん忙しそうだ」

「そういえば、午後には伯爵さまのところに依頼の品を届けると言っていたから、荷物を積み込んでいるのかもしれないわ」

「ならば、出直したほうが……」

「う…ん。……あっ見て、あの荷馬車！　ソファを積み込むところみたい！」

「え…っ」

そのとき、作業場から数人の男たちが荷物を運び出す姿が目に入った。

シャロンがそれを指差すと、ランはつられて作業場の入口に顔を向ける。

しかし、目を細めているので、少し離れたこの場所からではよく見えないようだ。シャロンはランの手を摑むと、彼を荷馬車の近くまで連れて行こうとした。

「シャ…、シャロン…ッ。あまり近づいては邪魔に……」

「大丈夫、積み込みの邪魔にならない位置なら問題ないわ。ほら、周りで見ている人もいるでしょ？」

「そ…、そのようだが……」

彼は人の迷惑になりそうなことに、かなり気を遣う性格のようだ。

けれど、見学くらいで文句を言うような者はここにはいない。

シャロンもこれまで幾度となく同じ光景を見てきたが、近隣の子供たちがやってきて興味津々に身を乗り出していても、皆軽く注意するだけで安全な場所に誘導してあげていた。今も見学している中には子供の姿もあり、彼らが危険な目に遭《あ》わぬよう作業場の男たちもさり気なく見守っているようだった。

「あの子たちの傍なら安全ね」

「あっ、シャロン…ッ」

戸惑うランをよそに、シャロンは彼を荷台の傍まで連れて行く。

　そこでふと、荷台の近くで積み込みを誘導していた男と目が合う。

　彼はランに気づくと僅かに目を見開いたが、特に何か言うでもなくシャロンに小さく頭を下げるとまた作業に戻った。

「ね、大丈夫でしょ？」

「……あぁ」

　ランの横顔を見上げると、彼はほっとした様子で荷台のほうを見ていた。

　くすりと笑ってシャロンは何げなく周りに目を向ける。

　すると、子供たちを見守っていた男たちと目が合ったが、どういうわけか一瞬のうちに目を逸らされてしまう。

「……？」

　シャロンは眉を寄せてぐるりと周囲を見回す。

　どこを見ても誰かしらと目が合うが、すぐに目を逸らされた。

　にもかかわらず、彼らはシャロンが違う方向を向いた途端にチラチラとこちらを見てくるのがわかるのだ。

　――もしかして、ランが気になるのかしら……。

　シャロンが怪我人の面倒を見ている話は、ここで働いている者なら誰でも知っているはずだった。

「見事な出来だな……」

「……ラン？」

「豪華で、どっしりとした重厚感に圧倒される……。ソファの次は…、書棚だろうか。あれも素晴らしい出来だな。彫り込みの装飾も、実に丁寧で繊細な仕上がりだ」

シャロンが周りを気にする一方で、ランは食い入るように積み荷を見ていた。

目を潤ませて感嘆の息をつき、彼は周囲の視線には気づいていない様子だ。なんとなくそのことには安心したが、珍しく興奮しているのか、饒舌《じょうぜつ》に感想を述べる姿に若干の驚きを感じた。

とはいえ、父の仕事を褒めてくれたことは素直に嬉しく、シャロンは知らず知らずのうちに笑顔になっていた。

そのときだった。

「――おい、なんでそいつがいるんだよっ!?」

不意に積み荷の向こうから覚えのある声がした。

見れば、不機嫌そうに顔をしかめたルークがこちらに近づいてくるところだった。

「暢気《のんき》に見学なんていいご身分だな。おまえ、怪我してたんじゃなかったのかよ」

「ルーク、なんて言い方を」

「なぁおい、ずいぶん元気そうじゃないかよ。それなのに、まだシャロンに面倒見てもらってんのか!?」

「ちょっとルーク…ッ、いい加減にしてよ」

「なんでだよ。俺は見たままを口にしただけだろ」

ルークは作業場の一員ではなかったが、今日は手伝いに来ていたようだ。

人手が足りないときは、いつも気軽に引き受けてくれるからありがたい存在ではあるのだ。

だからといって、それとこれとは別の話だ。自分に言われたわけではなくとも、いきなりそんな言い方をされればカチンとくる。とても不愉快だった。

「こらルーク！　こんな忙しいときに、何油を売ってるんだ！」

「あ、う…、スコット兄さん…、こ…、これは……」

「今日はたっぷり稼いでご両親に何か贈るんじゃなかったのか？　休んでる場合じゃないだろ」

「それは…、わかってるけど……」

「伯爵さまの屋敷まで一緒に来てくれるんだろ？　頼りにしてるからな」

「は…、はい……」

兄のスコットが近づき、窘《たしな》められると、ルークは渋々といった様子でこの場を離れた。

ルークは幼い頃から、誰と喧嘩していてもスコットに言われると途端に大人しくなる。

彼の家は、古くからこの辺りを纏《まと》める長《おさ》のような役を担ってきたのだが、一人息子ということもあって少々甘やかされて育ってしまい、同じ歳の子たちと衝突することがたびたびあった。

それが不思議とスコットの言うことだけは素直に聞く。

彼には兄弟がいないから、皆から頼りにされている三歳上のスコットを自分の兄のように思って慕っているのだ。スコットもそれがわかっているから、不穏な空気を察知すると、いつもさり気なく間に入ってくれた。

「あれで？」

「ルークったらなんなの……ッ!?　これじゃ仲直りなんて当分無理ね！」

「そう言ってやるなよ。一応、あれでも心配してるんだろ？」

「まぁ、そんなに怒るなって。確かに、感心できる言い方ではなかったが」

「聞いてたの？」

「近くにいたんだ、聞こえるよ。父さんだって……」

「え、お父さん……？」

スコットは頷くと、荷台を振り向く。

すると、いつからそこにいたのか、荷台から父が顔を覗かせていた。

まさか、荷台で作業をしながら聞いてたのだろうか。

父は困り顔でぽりぽりと頭を掻くと、荷台から下りてこちらにやってきた。

「……お父さん」

「その…、見学に……来たのか？」

「え、えぇ…、だめだった？」

「いや、そんなことはないが」

そう答えると、父はランに目を向ける。

しかし、心なしか父の頬は赤い。

気のせいか、照れているような表情だった。

「君は…、家具に興味があるのか？」

「え…？」

「い、いや…、ずいぶん細かなところまで見ていたようだから……。なんとなく、そう思っただけだ」

そう話しかけると、父は小さく咳払いをする。

どうやら父は、本当に照れていたらしい。ルークとのやり取りだけでなく、積み込まれる家具を見てランが興奮気味に語った感想もしっかり聞いていたようだった。

ランは、ルークの嫌味で少なからず落ち込んでいる様子だったが、父のその言葉で気持ちを切り替えたらしく、まっすぐな目で答えた。

「あの…、俺にはこの仕事のことはよくわかりませんが……、なんと言うか……、とても感動しました」

「そ…、そうか……」

「はい、すごく良いものを見せていただきました。あの素晴らしい品々を傍に置ける方を羨ましく思います」

「……そ…、そうかね」

「あ…、興奮して偉そうなことを……、気に障《さわ》ったなら謝ります」

「い、いや…っ、まったく構わない」

父の顔はますます赤くなっていく。

自分の仕事に自信はあっても、面と向かって褒められることはそうはない。ランの称賛に父はかなり嬉しそうだった。

ふと、スコットに目を向けると、胸を張ってやけに誇らしげだ。

一緒に手がけた身としては喜びを隠せないらしい。『そうだろう？』とでも言っているような自慢げな表情が、シャロンはおかしくて仕方なかった。

――なんだか、一気に警戒心が解けたみたい。

自分もそうだが、父も兄も基本は単純だ。

少しでも話してみれば、ランが礼儀正しい人だとすぐにわかる。彼の目を見れば、口先だけの賛辞でないことは二人にも伝わったはずだ。

「で、ではそろそろ行こうか。スコット、おまえは御者台へ」

「わかりました。じゃあシャロン、行ってくるな」

「ええ、行ってらっしゃい。気をつけて」

父に言われて、スコットは御者台に向かう。

いつの間にか荷台には幌《ほろ》がかけられていた。父は他の荷馬車に合図を送ると、幌に手をかけながらシャロンたちに目を向けた。

「その……、暇《ひま》なら、いつでも作業場に来なさい」

「え…」

「で…、では行ってくる」

「あ…っ、い…、行ってらっしゃい……」

それだけ言うと、父は幌の中へと姿を消した。

程なくして荷馬車が動きはじめ、作業場の敷地から一台ずつ出て行く。すべての荷馬車が敷地からいなくなると、見物に来ていた人たちの姿もなくなったが、シャロンたちはその場でしばしぼんやりと立ち尽くしていた。

やがて、二人はどちらからともなく物置小屋へと歩を進める。

その間、自分たちの間に会話はなかったが、ランの目は潤んでいた。

きっと嬉しかったのだろう。『いつでも作業場に来なさい』と言った父の言葉は、明らかに彼に向けられたものだった。

「……えっと、じゃあ……、一度向こうに戻るわ」

「あ、あぁ……」

「お昼にはまた来るから」

小屋の扉の前で立ち止まると、シャロンは一旦家に戻ろうとする。

今日はまだ家のことをほとんどしていなかったから、簡単に掃除をしてから昼食の準備に取りかかるつもりだった。

　ところが、

「あ…っ!?」

彼の傍を離れようとした途端、ぐっと手首を摑まれる。

まるで引き留めるような動きに、シャロンは目を丸くした。

「あ、あの…、ラン……?」

「え…?」

「手を……」

「……あ」

だが、そんな自分の行動にランも目を丸くしている。

摑んでいるのは彼のほうなのに、どうして驚いているのだろう。

ランはしばしの間シャロンを摑む己の手をじっと見つめていたが、ややあって顔を真っ赤に染め上げると途切れ途切れに答えた。

「……こ、これは……」

「もう少し……、君にいてほしかったのかもしれない……。君の父上の言葉がすごく嬉しかったから、まだ一人になりたくなかったんだ……」

　そう言うと、彼は首まで赤くして俯く。

シャロンを摑む手に少しだけ力が込められ、その興奮が伝わるようだ。

それほどまでに嬉しかったのかと一緒に喜びたかったが、うまく言葉が出てこない。

摑まれた手首がやけに熱く感じられて、緊張で呼吸が乱れてしまいそうになる。

そして、次の瞬間、

「シャロン…、ありがとう……っ」

「――ッ!?」

シャロンはなぜか彼の腕の中にいた。

それは、抱き締めると言うよりは抱きつくといった感じで、感極まった末の行動だったのだろう。

けれど、肩にぐりぐりと顔を埋められ、シャロンの顔はカーッと熱くなっていく。

滑らかな彼の頬が首に当たって、肌に息がかかった途端、心臓がばくんばくんと凄まじい音で拍動した。

――な、何が起こってるの……?

頭が真っ白になって何も考えられない。

ランの強い抱擁《ほうよう》を、シャロンは棒立ちになって受け止めるだけだった。

「あ…、お…、俺は何を……ッ!?」

それから程なくして、ランは急に我に返った様子でシャロンからぱっと離れる。

自分から抱きついたのに、彼はなぜかわたわたと慌てて後ずさっていく。その顔は先ほどより赤くなっていた。

「す…っ、すまない！　今のは忘れてくれ……ッ！」

ランは真っ赤な顔を手で隠すと、素早くシャロンに背を向ける。

その場にシャロンを残して彼は逃げるように小屋へと駆け戻ってしまい、バタンと閉まる扉の音が大きく響いた。

辺りは瞬く間に静かになる。

物置小屋からも、何一つ物音がしない。

シャロンはしばし呆然と立ち尽くしていたが、次第に自分の身に起こったことを理解しはじめる。

微かに残る腕の感触。

逞《たくま》しくて広い胸板。

首筋に触れると、彼の吐息の感触が蘇《よみがえ》ってくる。

――ランに…、抱き締められてしまった……。

シャロンは自然と息が上がるのを感じた。

どこからともなく切ない感情が込み上げて胸が苦しかった。

この気持ちは、家族を想うものとはまったく違う。

それだけは理解できたが、誰かにこんな感情を抱くのははじめてではっきりと自覚するには至らず、その日は一日中上の空で過ごすことになったのだった――。

❀　❀　❀

——翌日。

シャロンはいつになくぼんやりとしていた。

父たちは昨日、依頼された家具を伯爵家に届けたあと、予想していたとおり夕食を振舞われることになったようで帰りが遅かった。

けれども、父たちにとっては一つの仕事が片付いたに過ぎない。

他にもたくさん依頼の品を抱えているからと言って、今日もいつもの時間に作業場に出かけた。

もちろん、シャロンも早起きをして二人を送り出したのは言うまでもない。

その後はランのもとに向かい、たわいない話をして彼と朝食を済ませたあとは綺麗な包帯に替え、普段と変わらぬ朝を過ごした。

だが、普段と変わらぬようで何かが違う。

シャロンは昨日、ランに抱き締められてから、彼をまっすぐ見ることができなくなっていた。包帯を替えるときなども、妙に緊張して上手にできなかったから何度もやり直すことになり、倍以上の時間がかかってしまったほどだ。

それは彼も同じようで、何げない会話を交わしながらも不意に目が合ったときには顔を赤くして俯いていて、明らかに自分たちの間にはいつもと違う空気が流れていた。

「なんだか…、ランといると恥ずかしい……」

シャロンはぽつりと呟き、ぽーっとした顔でバスケットにパンを入れていく。

ぼんやりしすぎて、今日は家事がはかどらない。午前中に庭の草むしりをする予定だったのに皿を洗うだけでやたらと時間がかかってしまったから、気づけばお昼間近になっていた。

それから慌てて昼食を作ったが、明らかにいつもより遅い。

お腹を空かせているだろうと急ぐ気持ちはあるのに、ふとした瞬間に昨日のことを思い出すと手が止まってしまう。今も、ワゴンに鍋や皿をのせている間に何度も手が止まっていた。

そのとき、

――ギ…ッ。

突然扉の軋む音が響いた。

同時に人の足音が聞こえた気がして、シャロンは何の気なしに廊下の向こうに目を向ける。

シャロンは台所の外にワゴンを置いてあれこれ準備していたが、その廊下の突き当たりは玄関になっていた。滅多にないことだが、お昼の休憩で父か兄が戻ってきたのではと思ったのだ。

「よう、シャロン」

「……えっ!?　ルーク……？」

だが、入ってきたのはルークだった。

さすがに驚いて肩がびくつく。幼い頃のルークは勝手に人の家に上がり込んで我が家のように過ごしていたこともあったが、成長するにつれてそういったことはなくなった。ましてや、自分たちはここのところ喧嘩ばかりしている。

父の仕事を手伝ってくれたのはありがたいとは思うが、最近のルークの態度が悪すぎるせいでシャロンの表情は自然と強ばったものになっていた。

「ノックくらいできないの？」

「……したけど？　返事がないから変だと思って開けたんだよ」

「え…、そう…だったの？」

「あぁ」

本当にそうだったのだろうか。

扉が軋む音は聞こえたのに、ノックの音はしなかった。

けれど今日の自分はぼんやりしていたから自信がない。シャロンはそれ以上食い下がることはせず、手に持っていた皿をワゴンに置いた。

「何か用？　お父さんたちは作業場よ」

「知ってる。本当に働き者だよな。昨日はだいぶ遅かったのに」

「そうね……。あ、昨日はありがとう。ルークがたくさんがんばってくれたって、スコット兄さん褒めてたわ」

「まぁ、小遣いくれるって言うし……」

言いながら、ルークは照れたように頭を掻いている。

多少わだかまりはあったが、こういった反応は今までと変わらない。シャロンは少しほっとしながらワゴンに手をかけた。

「悪いけど、あとでまた来てもらってもいい？」

「……は？　なんでだよ」

「なんでって…、急ぎの用事？　それなら聞くけど……。私、これから食事を持っていかなきゃいけないのよ」

「食事…って、あいつのか……？」

「そうよ。ちょっと遅くなってしまって。だから急ぎでないならあとで……」

「ふざけるなッ！」

「……っ!?」

いきなり廊下に怒声が響き、シャロンはびくんと身を震わせた。

一体、何が気に障ったというのか……。

これまでも、ルークの用事より優先させることはたくさんあったが、こんなふうに怒鳴られたのははじめてだった。

「え、なに……、ちょっと……っ!?」

しかもルークはずかずかと家に入ってきて、強引にシャロンの手を掴み取る。

ワゴンから引き離すように引っ張られ、気づいたときにはルークの身体で壁に押しつけられていた。

「なにっ、やだ、やめてよ……っ！」

「おまえ、もうこんなことやめろよ。あいつ、すぐにいなくなるんだろ？　そんなやつのことを朝から晩まで気にかける必要なんてないだろ……っ!?」

「やっ、やだ…ッ、離れてったら……っ」

「だってこんなのおかしいだろっ！　なぁ、シャロン、わかるだろ……？　おまえはもっと他に見なきゃいけない相手がいるんだ。あんなどこの馬の骨とも知れない男を気にかけたって意味がないんだ…っ」

ルークはシャロンの首筋に顔を近づけ、唇を寄せる。

生暖かい息がかかり、ぞくっと背筋が粟立《あわだ》った。

予想だにしないルークの行動にシャロンは激しく混乱させられたが、こんなことを大人しく受け入れられるわけがない。黙っていればさらにとんでもない行動に出そうな気がして、シャロンは必死でルークの拘束から逃れようともがいた。

「いやっ、いやぁ…ッ！　ルークのばか…、放してったら……ッ！」

「俺が、目を醒《さ》まさせてやる……ッ！　どうせ親父さんたちは夕方まで戻らない。それまでには気持ちが変わるはずだ……ッ！」

「何言って…、きゃあっ!?」

今はまだ昼を過ぎたばかりで、夕方までは何時間もある。

それまで何をするつもりなのかとルークの腕の中で暴れると、シャロンの足はワゴンに引っかかり、床に倒れ込んだ拍子にのしかかられてしまう。

互いにもう子供ではない。

彼が何をするつもりでいるのか、理解できないほど無知ではなかった。

「やめて…ッ、やめてってば……っ！」

ルークがはじめての相手だなんて嫌だ。

幼なじみ以上の関係になるなど考えられない。

なのに、彼はシャロンの抵抗などものともせず、力いっぱい服を引っ張ってくる。そのせいでボタンがいくつか飛んで胸元がはだけてしまい、ルークは血走った目でシャロンの胸を凝視し、谷間に顔を埋めた。その行動にぎょっとしていると、彼は服の上からシャロンの乳房を揉みしだき、無理やり脚の間に身体を割り込ませてきた。

「はっ、はぁっ、はぁっ、シャロン…、シャロン……ッ」

「やだぁっ、助け…ッ、助けて……っ！」

興奮した声で名を呼ばれるとぞっとする。

そこには拒絶しかなく、他の感情など芽生えようもない。ルークは息を荒らげ、さらに行為を進めようとしていたが、シャロンは必死で手を伸ばして助けを求めた。

「ラン…ッ、ラン……ッ！　ラ…——、む…ぐ…っ！」

「他の男の名を口にするなよっ、萎《な》えるだろ…ッ!?」

「ん——ッ」

けれども、儚《はかな》い抵抗は簡単に抑え込まれてしまう。

口を手で押さえられ、シャロンは足をばたつかせて抵抗したが、力の差は歴然としていて声を上げることさえ封じられた。

胸の谷間に熱い息がかかって鳥肌が立つ。

強い力で胸や腰、お尻を弄《いじ》られても痛みしか感じない。脚を撫でられ、下着に手をかけられて、ただただ恐怖が募って身体が震え出し、ガチガチと上下の歯が鳴った。

その直後、

「——う…わあ…ッ!?」

重くのしかかる身体が、なぜか突然シャロンの上から消えた。

代わりに何かが叩きつけられたような鈍い振動を感じ、悲鳴に似たルークの呻《うめ》きが耳朶《じだ》を打った。

「シャロンになんてことを……ッ」

「ぐ、あ…っ」

「君は、自分が何をしたのかわかっているのかッ!?　悲鳴を上げる相手に、力尽くで何を……っ」

「う…、ひ…、ひぐ…ッ」

「彼女を泣かせるなんて許さない…ッ！　絶対に許さない……ッ！」

床に横たわったまま顔を傾けると、そこにはルークにのしかかって殴りつけるランがいた。

シャロンはその光景を呆然と見つめる。

ランは何度も何度もルークを殴りつけていた。

そのたびに、低い呻きが廊下に響いた。

だが、殴っているのはランなのに、彼のほうが泣きそうな顔をしている。

シャロンを傷つけるなんて許せないと言って、力尽くでルークを押さえつけていた。

いつも優しい彼が、自分のためにここまでしてくれている。いつしかシャロンの目からは涙が溢れ、大粒の雫が頬を伝って床に零れ落ちた。

「出て行け…ッ、二度と顔を見せるな……っ！」

程なくしてランはルークの腕を掴んで強引に立ち上がらせる。

口の中を切ったのか、ルークの口元は真っ赤に染まっていて、もはや抵抗すらできない様子だ。ランはよろめくルークを玄関まで引っ張っていくと素早く扉を開け、放り投げるような動きで外に追い出したのだった。

その直後、大きな音を立てて扉が閉められる。

シャロンは床に横たわったまま玄関を見つめていた。

そこには、肩で息をするランの後ろ姿があった。

「シャロン…、大丈夫か……ッ!?」

やがてランは振り向き、シャロンのもとに駆け戻ってくる。

けれど、はだけた胸元に気づいて目を見開き、ぴたりと足を止めた。

乱れた姿を見て彼は何を思っただろう。勘違いされたくなくて言葉にしようと思ったが声が出ず、シャロンは代わりに何度も首を横に振った。

「……少し、待ってくれ」

ややあってランは低く囁《ささや》き、着ていたシャツを脱ぎはじめる。

シャロンがびくっと肩を揺らすと、彼はハッとした様子で背を向けてシャツを脱ぎ、それをはだけた胸元にかけてくれた。

「怖いなら…、出て行くから……」

「……ッ」

彼は、シャロンと少し距離を取って床に膝をつく。

哀しげなランの表情。

胸を痛めてくれているのが否応なしに伝わり、その瞬間、シャロンは身を起こして彼に抱きついていた。彼の上半身は裸だったが、そうすることになんの抵抗もなかった。

「ラン…ッ、ラン……ッ！」

「……シャロン…ッ」

来てくれた。助けてくれた。

助けを求めたのは、父でも兄でもなかった。

頭の中には彼しかいなかった。

シャロンは泣きじゃくり、ランの首に強くしがみつく。

自然と彼の息が首元にかかったが嫌悪感はまったくない。ルークには恐怖しか感じなかったのに、遠慮がちに背中に腕を回されただけできゅうっと胸が切なくなった。

「……いつもより来るのが遅いから何かあったのかと」

「私、何もされてない…っ、されてないもの……ッ！」

「あぁ…、わかってる……」

必死で言い募るシャロンの言葉に彼は静かに頷く。

労るように何度も背中を撫で、優しく抱き締めてくれた。

「ラン……ッ」

「……うん…、うん……」

彼はルークとは違う。

相手の気持ちを無視したりはしない。

シャロンは感情が込み上げ、また泣きじゃくった。

この腕がいい。他の誰かでは嫌だ。

ラン以外の誰にも触れてほしくない。

――この人が好きだ……。

こんなふうに自分の気持ちを自覚するとは思わず、胸が痛んで苦しかった。

けれど、それ以上に想いが込み上げてきて、シャロンはしばらくの間、彼にしがみついて離れなかった――。

第三章

広い庭先に建てられた木造の小屋。

そこはランが来るまで、物置小屋として使われていた場所だった。

とはいえ、建ててからさほど時が経っておらず、古びた感じはしない。

スコットによる細かな修繕、シャロンが毎日のように掃除してくれること、また提供されたベッドが彼らの父モーガンが以前作ったもので、その使用感の良さにも助けられていたのかもしれなかった。

「──ここに来て、もう二か月か」

気づけばこの場所で生活するようになってからそんなに経ってしまっていた。

ランは小窓から外を眺め、ため息をつく。

昼食の時間まで少しあるから、シャロンはまだ来ない。

最近は、一人でいると物思いに耽《ふけ》ることが多くなっていた。

——俺の記憶は、どうすれば戻るんだろうか……。

血を流して昏倒し、身に覚えのない痛みに耐えた日々。

一か月が経った頃には頭の怪我はほとんど治り、二か月経った今は肩から背中にかけての打撲の痕が僅かに残るだけとなっている。腕を動かすとまだ痛みが走ることがあり、多少思いどおりにできないことはあるが、それが治るのも時間の問題だった。

だが、失った記憶は一向に戻る気配がない。

幸いにも日常生活に支障はないが、自分のことだけがぽっかりと抜け落ちた状況は、とても気持ちが悪いものだ。

自分がどこの誰で、これまでどんな生活をしてきたのか。

年齢はいくつで、『ラン』という名が正しいのかさえわからない。身元を調べる手がかりになりそうなものも持っておらず、行き場がないとはまさにこのことだった。

「時折…、妙な夢は見るが……」

ランは眉根を寄せて考え込んだ。

その夢は、痛みにうなされていたときに繰り返し見ていたものだった。

さまざまな人と口論している自分。

尊大な様子で何かを命じている自分……。

しかし、その夢には音がなく、断片的な映像が流れるだけで何を言っているのかはわからない。そのうえ、怪我が良くなるにつれて夢を見ることが減って、今では眠りの浅いときにときどき見る程度になっていた。

「あれは、俺の記憶の断片なのか……？」

ランは前髪をぐしゃっと搔き上げ、壁に凭《もた》れかかった。

このままでいいわけがないと、自分でもわかっている。

いつまでも世話になってばかりではいけないと焦る気持ちはあった。

けれど、どうしても思い出すことができない。

自分が誰かもわからず、なぜ怪我をしていたのかも覚えていない。不安に苛まれる日々の中で、この二か月間、クラレンス家の人々の優しさに甘えきってしまっていた。特に、シャロンに対しては、恋愛感情を抱くようになってしまった。

今、こうして自分が生きていられるのは、彼女が手を差し伸べてくれたからだ。嫌な顔一つせず、どこの誰とも知れない自分を献身《けんしん》的に介抱してくれた。いつも励ましてくれる彼女の笑顔にどれほど救われたかわからない。

惹かれないわけがなかった。

家族のために日々奮闘する彼女がとても眩しかった。

それでも、芽生えた感情は内に秘めたままでいようと思っていたのに、はじめて作業場に足を踏み入れた日、隠しきれないほどの喜びと想いが込み上げて、気づいたときには彼女を抱き締めていた。

シャロンは、自分の生きてきた世界に誘《いざな》ってくれている。

こんな世界もあるのだと教えてくれた。生き生きと輝くこの世界に居場所を与えてくれたようで嬉しかった。

だからこそ、彼女の笑顔を奪ったルークは許せなかった。

シャロンはいつもだいたい決まった時間に来るのに、あの日はなかなか現れず、不思議に思って様子を見に行ったが、もしもあのとき何もせずに待っていたらと思うとぞっとする。彼女の悲鳴と大きな物音が聞こえて家の中に駆け込み、床に組み敷かれたシャロンを見た瞬間、自分の中の何かがぷっつりと切れて、ランは無我夢中でルークを殴りつけていた。

あれから一か月が経つが、ルークは一度も来ていない。

何度も殴られて顔が腫れ上がっていたと話には聞いたが、彼は単なる喧嘩と答えるだけで誰にやられたかは言わなかったそうだ。

シャロンもまた、あのときのことは家族には何も話していないようだった。

幼い頃から知っている相手を庇う気持ちもあるのだろうが、信じたくないという感情のほうが強いのかもしれない。彼女は時折落ち込む様子を見せたが、そんなときは決まってランに抱きついて甘えるようになった。

それにしても、人の欲は果てしないものだ。

柔らかな身体。

彼女から漂う甘い香り。

優しく抱き締めていたいのに、邪な感情がどんどん溢れ出す。

触れ合うたびに、思いのままに掻き抱きたいのを必死で堪え、自分が男だということを痛感しながらも、このままずっと一緒にいられたらと、いつしかそんな愚《おろ》かな感情まで抱くようになってしまった。

「……このままでいられるわけがないのに」

ランは自嘲《じちょう》気味に笑い、小窓から離れた。

ふと、テーブルに目を移して、そこに置かれたブレスレットを手に取る。

自分は、何も持っていない。

この家の人たちの助けがなければ生きていくこともできない。

それでも、彼女のために何かしたくて、喜んでもらえるものを贈りたいと思い、スコットに工具を貸してもらってブレスレットを作ったのだ。

作業場には、あれから毎日のように通っている。

最初はあの場で働く人々に訝しげな目で見られたが、次第に打ち解けて話ができるようになった。このブレスレットは、彼らの指導でなんとか形にすることができたものでもあった。

決して良い出来ではないが、シャロンは喜んでくれるだろうか。

ランはブレスレットを手に彼女の笑顔を想像した。

心配性で妹思いの優しい兄。

一流の腕を持ちながらも奢ることなく、多くの弟子に囲まれたお人好しの父親。

シャロンがあんなにもまっすぐなのは、彼らに育てられたからだ。

彼女が望めば、この家に使用人を雇う余裕はあるだろう。だが、家族のために何かしたいという強い想いが彼女の日々の原動力となっていることは見ていればわかることだった。

「家族か……」

――俺にも家族がいたんだろうか。

ランは、ブレスレットを見つめて考えを巡らせる。

誰しも一人で生まれてくるわけではない。自分にも父と母がいたはずだ。

どんな人たちだろう。いなくなった自分を心配しているだろうか。人知れず捜してくれているのだろうか。

家族…、家族……。

俺の家族は、どこにいる……？

「……う…ッ」

突如、軋むような痛みを感じて、ランは額を押さえる。

自分の家族を想像しただけだったが、なぜか酷い頭痛に襲われた。

「あ…く…ッ、うう…、っ……」

ランは痛みに喘《あえ》ぎ、小刻みに肩で息をする。

こんなことは今まで一度もなかった。

——ガチャ…ッ。

そのとき不意に扉が開く。

きっと、シャロンが来たのだろう。

考えごとをしているうちに、昼食の時間になっていたのだ。

こんな姿を見せるわけにはいかない。これ以上、彼女に心配をかけたくない。

ランは震える呼吸を強引に整え、なんとか姿勢を正した。

「——おまえ、まだいたのかよ」

「……ッ!?」

だが、直後に聞こえたのは男の声だった。

いつもシャロンはノックをしてから入ってくるが、日中にランのもとに来るのは彼女しかいないから、他の誰かだとは考えもしなかった。

ランは息を呑んで扉のほうに目を向ける。

扉の近くに佇む若い男。

憎々しげな眼差し。

この一か月姿を見せなかったルークがそこにいた。

「何をしに来た……」

「何って、そんなの居候のおまえに聞かれる筋合いはないだろ。そんなことより答えろよ。もう怪我は大したことないんだろ？　毎日のように作業場に遊びに来てるってことは、治ったってことだよな？」

「……どうしてそれを知ってるんだ？」

「ここは田舎だからな、余所者が珍しいんだよ。探らなくたって噂は勝手に耳に入ってくる。シャロンに世話してもらって、二か月もぬくぬく過ごしてたんだ。治らない怪我なんてあるかよ」

「……」

「なあ、もう出て行けるだろ？　ここにいるのは怪我が治るまでって話だったんだ。だったら言われる前に自分から出て行けよ」

「……そ……れは……」

ランはぐっと言葉を詰まらせる。

一方的な言い方に腹立ちはあったが、それを言われると何も返せない。

ルークが自分に対して良くない感情を抱いているのは、はじめから気づいていたことだ。クラレンス家の人たちにとって、自分は迷惑以外の何ものでもない。だからルークが強い言葉を使うのは、はじめはシャロンたちの気持ちを代弁しようとしているからだと思っていた。

しかし、一か月前、彼はシャロンを犯そうとしたのだ。

たとえ今の言葉が正論だったとしても、彼には別の思惑があるように思えてならない。

僅かな躊躇いはあったが、ランは意を決して口を開いた。

「今の俺は、君の言うことに何も反論できない。……だが、クラレンス家の人たちには本当に感謝している。だからこそ…、君がこれからもこの家に来るというなら、俺も黙っているわけにはいかない」

「……それってどういう意味？　親父さんに告げ口するってことか？」

「場合によっては……」

「ははっ」

「……？」

ルークは乾いた笑いを浮かべ、肩を揺らしている。

こんなことを言われれば少しは動揺するものだと思ったが、そんな雰囲気はまったくない。ランが眉を寄せると、彼は両腕を組み、やけに自信満々な様子で答えた。

「おまえは、自分の立場を何もわかってない。そんなこと、親父さんに言ったって俺が責められるわけないだろ。シャロンと俺は結婚するんだからな！　この辺りのやつらは皆知ってることだ……ッ！」

「え？」

「この際だからはっきり言ってやろうか。邪魔者はおまえなんだよ。シャロンは俺の女だ。結婚の約束だってしてるんだ…ッ！　どこの誰とも知れないやつにフラフラされたら堪ったもんじゃないんだよ…ッ！」

「嘘だ…、彼女は君を……」

「嘘なわけあるかよ！　ここのところシャロンがつれなかったから、この前は言い合いになって押し倒したりしたけど、別にあいつを抱くのははじめてじゃない。それなのに、いきなり殴りつけやがって……ッ！　しばらく顔が腫《は》れて見られたもんじゃなかったよ。一方的にやられたなんて恥だったから黙ってただけだ！　だいたい、おまえのせいで皆迷惑してんだよ。特にシャロンなんて、周りから変な噂を立てられて大変なんだからな！」

「変な噂…？」

「この二か月、シャロンは突然転がり込んできた若い男とずいぶん親しくしてるって、近所のやつらの噂の的になってるんだ。だってそうだろ？　シャロンは俺の恋人なのに、他の男を甲斐甲斐しく世話してるっていうんだ。好奇の目を向けられて当然だ。怪我人の世話をしていると説明したところで誰が納得するんだよ!?　シャロンはそんなことおくびにも出さないだろうが、ふしだらな女だって下卑た目で見るやつだっているんだ……ッ！　親父さんやスコット兄さんだって、すごく困ってる。少し考えればわかるだろ!?」

「……ッ！」

堰《せき》を切ったように責め立てられ、二の句を継げない。

ランの頭は、一瞬で真っ白になってしまう。

ルークに揺さぶりをかけられているだけだと思いたかったが、自分が余所者であることは事実であり、すべてが嘘だと断じることができない。

どこまでが本当なのだろう。

シャロンは自分に向ける笑顔の裏で好奇の目に晒《さら》されていたのだろうか。

作業場に足を運ぶようになってから、シャロンの家族やそこで働く人たちは徐々に心を開いてくれるようになったと思っていたが、すべて自分の思い違いだったのだろうか。それとも自分の知らないところでは、冷たい目で見られていたのだろうか……。

この家の人たちに多大な迷惑をかけていることは自覚していたものの、そこまでは考えが及ばなかった。

愕然としていると、ルークが大股で近づいてくる。

彼は怒りで染まった眼差しで棒立ちのランの前で立ち止まり、シャツの襟を鷲掴みにしてきた。

「俺だって、ずっと我慢してきたんだ…ッ！　だけど、人の女を横取りするような真似をされて、これ以上黙ってられるか！　なぁ、俺とおまえ、どっちが邪魔者だ？　シャロンの人生に必要なのはどっちだと思う？　言われなくてもわかるよな!?　早く出て行けよ、この疫病神《やくびょう》が……ッ！」

ルークは感情のままに叫ぶと、ランをベッドに突き飛ばした。

身構える余裕もなく仰向けに倒れ、肩に衝撃が走る。その場所はまだ完全には治りきっておらず、ベッドの上といえど、体重がかかってしまってはどうしようもなかった。

「……う、…っく……」

息を震わせ、ランは苦悶《くもん》に喘ぐ。

ルークは、ランの怪我を見たことがない。

彼の口調からして軽く見ていたことは想像できた。

だから殴られた仕返しのつもりで加減をせずに突き飛ばしたのだろうが、ルークは痛みに震えるランの様子に目を丸くして、ばつが悪そうにしている。そしてそのまま身を翻し、素知らぬ顔で出て行こうとしていた。

「――え、ルーク…？」

と、そのとき、不意にノックの音と共に扉が開く。

見ればシャロンが扉から顔を覗かせていた。

彼女はルークを目にすると、途端に身を固くする。一気に顔色も悪くなったが、仰向けにベッドで横たわっているランに気づいた瞬間、息を呑んでルークを睨《にら》んだ。

「……ランに…、何をしたの？」

「な…、何ってなんだよ」

「だってベッドに倒れて」

「違うって…ッ、雑談してたんだよ！　暇だったから、話し相手になってもらってたんだ。別にそれくらい構わないだろっ」

「雑談…？」

「ほっ、本当だよ…ッ、なぁ、そうだよな？」

シャロンに疑いの目を向けられ、ルークはランに同意を求めてくる。

その眼差しが『話を合わせろ』と言っているのがわかり、ランは自分の顔が強ばるのを感じたが、迷いながらもぎこちなく頷く。一か月前のことを思えば雑談などあり得ないとわかっていても本当のことは言えなかった。

「な、言ったろ？　さて、もう帰るかな……」

「……」

「そ…、その…、この前は悪かったよ。……じゃあな」

「……えぇ」

ルークは軽く手を振ると、小屋を出て行く。

どう見てもシャロンは納得していない顔をしていたが、ランが頷いたことで口を噤み、警戒した様子でルークが横を通り過ぎるのを見送っていた。

扉が閉まると、彼女はランのもとへ駆け寄ってくる。

突き飛ばされたときの衝撃で肩の痛みは続いていたが、ランは何事もないように装って身を起こし、息が震えそうになるのを堪えながらベッドの端に座った。

「ねぇラン、本当に何もされていない？」

「……何もされていないよ」

「だけど酷い顔色だわ……っ」

「大丈夫だ。少し気分が優れないだけだから」

「でも…っ」

「本当に、大丈夫だから……」

これ以上、彼女に迷惑をかけるわけにはいかない。

ランは首を横に振って小さく微笑む。

それでも彼女は心配してくれていたが、ややあってその視線が自分から逸れる。何か気になるものでもあったのか、シャロンはベッドの端に手を伸ばして何かを摑み取った。

「……これは…？」

「あ…、それは……」

「これは、ブレスレット……？　ランが作ったの……？」

彼女はそう言って、ブレスレットを差し出してくる。

先ほどルークに突き飛ばされたときに手から離れてしまったのだろう。

ランは彼女からブレスレットを受け取ろうとしたが、途中で動きを止めて手を膝に置き、躊躇いがちに首を横に振った。

「……それは…、君にあげようと思って……」

「私に…？」

「でも、上手にできなかったから、捨てるつもりだったんだ……」

ランは俯き、それだけ答えて押し黙った。

本当は彼女に贈るつもりでいたが、自分にはそんな資格はないように思えた。

ルークの『シャロンは俺の女だ。結婚の約束だってしてる』『ふしだらな女だって下卑た目で見るやつだっている』という言葉も頭の中をぐるぐると駆け巡って、うまく誤魔化す言葉も思いつかなかった。

「ありがとう…っ、大事にするわ！」

「え…」

「だってこれ、ランの手作りよね？　作業場で何か作ってるのはなんとなく気づいていたの。まさか私のためだったなんて……っ！」

「いや、そんな大したものでは……」

「嬉しいっ、男の人からこういうものをもらったのははじめてなの……っ！」

シャロンは大事そうにブレスレットを握り締め、顔を真っ赤にしている。

そのあまりの喜びように、ランは呆気に取られてしまう。本当に大した出来ではないのに、ここまでの反応が返ってくるとは思わなかった。

――どうして、こんなもので……。

ルークはどうしてこれまで、こういったものを贈らなかったのだろうか。

結婚の約束をするほどの関係でも、そういうことはしないものなのだろうか。

満面に笑みを浮かべるシャロンをぼんやりと見つめながら、ランはここに来て間もない頃の彼女との会話を思い出す。

ランは最初、彼女とルークが恋人同士なのかと思っていたが、それを訊ねると彼女は驚いた様子で否定した。

あのとき、シャロンが嘘をつく必要があっただろうか？

恥じらって誤魔化しただけだというなら、はじめて物置小屋の前で彼女を抱き締めたときに拒絶しなかったのはなぜなのか。

そのうえ、ルークに襲われて彼女は泣いていた。

その後も時折沈んだ様子を見せ、二人きりになるたびに彼女は抱きついてきた。

わからない。

──何が真実だ？　どこまで信じればいい？

ルークの言葉がすべて偽りだとも思えない。ましてシャロンが嘘をついているとも思えず、わからないことばかりで混乱する。

こんなふうに人を疑う自分にも吐き気がした。

「──う…ッ」

「ラン…？　どうしたの？」

「……っく、……う…」

「え…、も、もしかして頭が痛いの!?　ラン…、ラン…ッ!?」

再び襲いかかる激しい頭痛。

ランは両手で頭を抱え、前のめりになって苦痛に喘いだ。

そのとき、不意に断片的な光景が頭に浮かぶ。

広く長い廊下。

どこかの部屋から出てくる自分。

直後に同じ部屋から出てきて、必死に追い縋る年配の男。

そこは頻繁に夢で見ていた広い海ではなく、どこかの屋敷のようだった。

やがて男は兵士に取り押さえられて憤慨しはじめる。

はじめて見るようで、覚えのあるような光景。

しかし、明らかに今までと違うのは、頭の中で声が響いたことだ。


『なんだ貴様らは…ッ！　私は伯爵家の……』

『お帰りはあちらですよ』

『おい放せ…ッ、汚い手で私に触るな……ッ！　まだ話が終わってない……っ！　おい、おい…っ、これだけ頭を下げているのに、どうして顔色一つ変えずにいられるんだッ!?　噂に違わず冷酷な目をしてからに……ッ！　あ…、やめろ。待ってくれ…ッ、まだ話が……ッ！』

『……』

『金が……っ、本当にもうあとがないんだ……ッ！　助けてくれ…ッ、助けて…ッ！　お…、お願いします……っ、お願…、あぁああ――…ッ！』


泣き叫ぶ男の声が頭の中で木霊する。

だが、自分はそれに感情を動かされることはない。

冷たい眼差し。抑揚のない声。

これは、なんだ？　実際に起こったことか？

凍てつくような冷たい感情が流れてくるが、それが自分のものだなんて思えない。突然流れ込んできた光景に、ランはただただ振り回されていた。

「ラン…ッ、ラン、大丈夫…ッ⁉」

ふと、温かなものに身体が包まれる。

背に回された小さな手。

心配そうなシャロンの声。

ランは小さく息をつき、彼女の肩に身を預ける。

なんて心地のいい温もりだ。もっと近くで感じていたい。

割れるような頭の痛みが和らいだのを感じて、助けを求めるように彼女の背に腕を回そうとした。

「……っ」

しかし、ランは寸前で思いとどまった。

これ以上はいけない。

自分にそんな資格はない。

突然浮かんだ不穏な光景と、ルークの言葉がぐるぐると頭の中を駆け巡る。

けれど誰が嘘をついているとか、何が真実なのかとか、そんなことを考えたところでなんの意味があるというのか。

居候の分際で、シャロンとの未来など望めるわけがない。

自分では彼女を幸せにできないという現実から目を逸らしてはならなかった。甘い夢を抱いている場合ではなかったのだ。

——はじめから、わかっていたことなのに……。

本当は、もっと早く決断すべきだった。

それなのに、シャロンたちに頼り切っていただけの自分が心底情けなかった——。

第四章

心なしか、夜なのに外が明るい。

窓の外を見ると、丸い月が夜空に浮かんでいる。

どうやら今夜は満月のようだった。

「――シャロン、そんなところでどうしたんだ。寝ないのか？」

「あ、スコット兄さん」

とうに夕食を済ませて諸々の家事も終え、時計の針は八時を回ろうとしていた。

いつもなら部屋に戻っている時間だったから、不思議に思ったのだろう。シャロンが廊下の窓から月を眺めていると、自室に戻ろうとしていたスコットが話しかけてきた。

今夜はなかなか気持ちが落ち着かない。

ランの様子が気になって仕方なかった。

「彼が心配なのか？」

「……ええ」

「今日は大変だったみたいだな。だけど、頭の痛みはもう治まったんだろう？」

「一応は……。だけど、あそこまで苦しそうな姿を見たのはここに来たとき以来だったから気になって……。だって、あれほどの怪我を負っても、ほとんど弱音を吐かないくらい我慢強い人なのに」

「確かに、頭というのは気になるな。もしかして、彼の記憶と関連があるんだろうか」

「……記憶が、戻るかもしれないとか？」

「どうなんだろう。俺たちには見守ることしかできないが……」

「そう…よね……」

一生記憶が戻らない場合もあれば、突然思い出すこともある。

以前ランの診察をした医者も曖昧なことしか言わなかった。

だから、はっきりしたことは誰にもわからない。ほとんど事例がないとも言っていたから、どんな対処をすればいいのか明確なものもなさそうだった。

「少し様子を見てこようかしら……」

「今からか？」

「だって、気になるんだもの。夕食だって半分も食べなくて……。これまで一度も残したことがなかったのよ？」

「……」

いつまた頭痛が再発するかわからないのだから、今この瞬間にも苦しんでいるかもしれない。悪い考えばかりが浮かんできて、とても眠れなかった。

「……だったら、俺も一緒に行こう」

「ありがとう、スコット兄さん」

スコットは眉を寄せて黙り込んでいたが、了承してくれた。

おそらく、暗い中で彼と二人きりになることを懸念しているのだろう。

だが、最近のスコットは、ずいぶんランを受け入れてくれるようになった。

毎日のように作業場に通っては目を輝かせているランの姿に、自分たちの仕事に誇りを抱くようになった見習いの職人が何人もいるようで、以前よりも作業場の雰囲気に活気が満ちて質も上がっているというのが一番の理由らしい。

人は、それほど複雑にはできていない。

むしろ自分の周りには単純な人のほうが多い。

褒めてもらえれば、誰だって嬉しい。

あんなにキラキラした瞳で毎日見られれば、やる気も芽生えるだろう。

スコットをはじめとして、最初は皆、ランを不審な余所者としか見ていなかったようだが、自分たちの仕事に尊敬の眼差しを向けられているうちに自然と彼を仲間として受け入れるようになったのだ。

父も、ランのまっすぐな目には、まんざらでもない様子だ。

ときどき、父は簡単な作業をランに手伝わせてみたりして、なかなか筋がいいなどと笑いかけることもある。それに満面の笑みで返すランはまるで少年のようで、見ている者を微笑ましい気持ちにさせた。

――このまま、ずっと一緒にいられたらいいのに……。

そんな光景を目にするたびに、シャロンは彼との将来を頭に描くようになった。

ランがどこの誰でもいい。

たとえ一生記憶が戻らなくても構わない。

いつか彼と結ばれるときが来たらどんなに幸せだろう。それを家族に認めてもらえる日が来ればいいいと、密かにそんな気持ちを抱くようになっていた。

その後、シャロンはスコットとすぐに物置小屋に向かった。

――コン、コン…。

しかし、扉を叩いてもなんの返事もない。

隣に顔を向けると、スコットと目が合う。

すでに就寝している可能性もあったが、異様なほど中が静かに感じて、どちらからともなく扉を開けた。

「……ラン？　もう寝てる？」

中に足を踏み入れると、シャロンはベッドの辺りに目を凝らす。

小窓から差し込む月明かりだけではすべては見えなかったが、スコットがオイルランプを持ってきていたため、すぐにベッドのほうをかざしてくれた。

「いない…な。どこに行ったんだ？」

ベッドには、誰もいなかった。

やけに丁寧に畳まれた毛布と枕があるだけだ。

シャロンは名状しがたい不安を胸に彼のベッドに駆け寄った。

「いないって、そんなわけ……っ」

確かめるように毛布を摑んでシーツに触れるが、どこに触れても温もりを感じない。

それは、ずいぶん前からベッドを使っていないということを示していた。

「だって、夕食の時間にはいたのに……」

彼が食べ終わる頃を見計らって食器を片付けに来たときも、ランを見ているのだ。

いつもと違うことがあったとするなら、『ごちそうさま、美味しかった』と言いながらも半分以上残したことだ。シャロンが体調を心配すると、彼はまだ少し頭が痛いのだと言ってすまなそうに謝罪していたが、ベッドに促すと素直に横になってすぐにも眠ってしまいそうだったからこんなことは想像もしなかった。

何かあったのだろうか。

もしや、昼にルークがここに来ていたことが関係しているのだろうか。

一か月前、シャロンが襲われたときにランが助けに入ってくれたが、あのときのことを根に持って何かをされた可能性はあった。

「シャロン…ッ、こんなものがあったぞ……ッ！」

「え…？」

呆然と立ち尽くしていると、スコットが声を上げる。

どうやらスコットは何か手がかりはないかと探していたようで、テーブルに置かれた小さな紙切れを手に取ると、慌てた様子でシャロンに差し出した。

シャロンは急いでその紙に目を落とす。

ランプの灯りでぼんやりと見えた美しい文字。

その内容にシャロンの顔は見る間に青ざめていく。


『親愛なるクラレンス家の方々へ――。

傷も癒えたので、約束どおり新しい一歩を踏み出すことにしました。親切にしてくださったこと、心から感謝しています。この恩は一生忘れません。

――追伸。日中とはいえ、女性が一人だけで家にいるのは少し不用心に思えたので、シャロンがあまり一人で過ごさずに済むような対策を講じたほうがいいように思いました。余計な一言を申し訳ありません。皆さんの幸せを心から願っています』

それは、ランが出て行ったことを示す別れの手紙だった。

シャロンは息を震わせ、スコットと顔を見合わせる。

後ろから頭を殴られたような衝撃に足下がぐらついたが、とても受け入れられる内容ではなく、シャロンは咄嗟に物置小屋を飛び出した。

「シャロンッ、どこへ行くんだ!?」

後ろからスコットの声が追いかけて来たが、振り返っている場合ではない。

頭が真っ白だった。どうしてランが出て行ったのかということより、早く彼を見つけなければと、それしか頭になかった。

「シャロン、待て…っ！　す…ッ、少し落ち着けって……ッ！」

「あ…っ!?」

しかし、足の速さで兄に敵うわけがない。

シャロンはすぐにスコットに追いつかれ、あっさり捕まってしまった。

「放して、スコット兄さんッ、どうして止めるの!?」

「どうしてって、それはこっちの台詞だ！　行き場所も書かれてないのにどこに行くつもりだよっ!?　心当たりがあるっていうのか!?」

「そ、それは……っ」

スコットに諫《いさ》められ、シャロンは口ごもる。

何も考えずに突っ走ろうとしたことは確かだが、ここでじっとなどしていられない。

たとえ行き先がわからなくとも、捜し回っていたほうがずっとましだ。そうすれば、ランを見つけられるかもしれなかった。

「――二人とも、どうしたんだ」

「あ、父さん」

「お父さん……」

「何があった。兄妹喧嘩なんて珍しいな」

大きな声だったから、それが家の中まで聞こえたのだろう。

すでに寝衣に着替えた父が、心配そうに自分たちのほうへ近づいてきた。

「……その…、ランが出て行ったようで……」

「え？」

「シャロンが食器を片付けに来たときにはいたようなので、まだ一時間も経っていないと思いますが、小屋のテーブルに置き手紙があったんです。――シャロン、父さんにその手紙を見せるんだ」

「……あ、はい」

スコットに言われ、シャロンは小さく頷く。

握り締めてくしゃくしゃになった手紙を指先で広げると、スコットはすかさずランプをかざした。

父はランの手紙を目を凝らして見ていたが、徐々に眉間に皺が寄っていく。

押し黙ったその顔は、怒りとも哀しみとも取れる複雑な表情をしていた。

「……状況はわかった」

ややあって父は小さく息をつき、シャロンに目を移した。

「シャロン…、おまえが何をしようとしていたのかだいたいの想像もつく。……だが、その先はどうするんだ？　おまえはどう考えているんだ？」

「え…」

「連れ戻したあとはどうするつもりだ？」

「そ…、それは……」

「心配する気持ちはわかるが、彼の記憶は一生戻らないかもしれないんだ。身元もわからないままかもしれない。そうなればこれから先、不利益なことが起こる可能性もあるだろう。捜すなと言っているわけではないが、おまえがどこまで考えているのかわからなくてな……」

「……ッ」

「相手は人間なんだ。犬や猫じゃない。だからシャロン…、おまえの気持ちを確かめずに行かせるわけにはいかないんだよ。わかるか？　これは、とても大事なことなんだ。彼を連れ戻すというなら、父さんたちにもそれなりの覚悟がいるんだよ」

そこまで言うと、父は口を固く引き結ぶ。

シャロンは思いも寄らぬ問いかけに固まっていた。

もちろん、父の言いたいことは理解できる。もの言いたげな眼差しからは、シャロンに潜むランへの恋心を探っているのが見て取れた。

今すぐにでも駆け出したい気持ちを押し込め、シャロンは胸元を手で押さえた。

どこまで答えればいいのだろう。

包み隠さずに打ち明けたほうがいいのだろうか。

父は今、『覚悟』と言っていた。

とても大事なことだとも言っていた。

この想いを曝け出していいのかと躊躇う気持ちは捨てきれなかったが、ここまで言ってくれた父に嘘をつくような真似はしたくなかった。

「……一緒に…、いたいんです……。彼とずっと一緒に……」

「ずっと…」

「はい、この先もずっと……」

「……」

「まだ出会って間もないと思うかもしれません。だけど、この二か月、毎日彼を見てきたんです。人を好きになるには、充分すぎる時間でした。家族以外で、あれほど男の人に優しくされたのも、優しい気持ちになったのもはじめてでした。気づいたときにはランをとても好きになっていたんです」

「……彼は…、その気持ちを知っているのか？」

「……わかりません。でも、互いに意識していたのは確かだと思います。私は…、彼がどこの誰でもいいんです。一生記憶が戻らなくても構いません。たとえ不利益なことがあっても、それでも私は彼の傍にいたいんです……っ！　だから、このまま会えなくなるなんて絶対に嫌なんです！　だって他の誰かなんて、私にはもう考えられないから……っ！」

シャロンは声を絞り出し、想いの限りを訴えた。

もしかしたら、父から見れば幼い考えに映るかもしれない。

先のことを何も考えていない、現実はそれほど甘くはないのだと、そう言われてもおかしくはなかった。

それでも、これが今の自分の正直な気持ちなのだ。

言葉にして、こんなにランが好きだったのかと自分自身に驚いたほどだった。

父はそれきり黙り込み、スコットも口を閉ざしたままだ。

満月の光が降り注ぐ庭先はしんと静まり返り、時折遠くでフクロウの啼《な》き声が響くだけだった。

「……わかった」

程なくして、父はぽつりと呟く。

シャロンはハッとして、その顔を見上げた。

父はそれ以上は何も言わず、身を翻して大股で門のほうへと歩き出す。シャロンもスコットも言葉の意味を摑めずに棒立ちになっていたが、父はそんな二人を振り返って大声で叱咤《しった》した。

「何ぼけっとしてるんだ！　早く来なさい……ッ！」

「えっ、は、はい…ッ」

　こんな大きな声を出す父ははじめてだった。

　シャロンとスコットは肩をびくつかせ、慌てて父を追いかけた。

「いいか、二人ともよく聞きなさい。これまでランのことは多くの人に聞いてきたが、少なくとも彼を知る者はこの辺りにはいなかった。それはつまり、彼がこの土地に縁のある者ではないということだ。そんな土地勘もない人間が、たった一時間でそう遠くまで行けるとは思えない。まして今は夜だ。前もって手配していなければ馬車を摑まえられる時間ではないし、船も動いていない」

「た…、確かに……」

　父の話に、シャロンたちは大きく頷く。

　言われてみれば、そのとおりだ。満月でいつもより明るいとはいえ、土地勘もない者がそうそう動き回れるはずがない。移動手段が自分の足ならなおさら遠くに行けるとは思えず、だとするなら、今から捜しても見つかる可能性は大いにあった。

　──混乱するばかりで、私はそんなこと思いつきもしなかった……。

　父の冷静な推測にシャロンは涙が滲んだ。

　それに気づいた父は僅かに目を細めたが、すぐに厳しい顔つきになって話を続けた。

「おまえたちは二人で行動しなさい。絶対に単独行動をしてはいけないよ。それだけは守りなさい。父さんは近所の人に声をかけてくる。こういうことは人数が多いほうがいいだろうから」

「は、はい…っ」

「では、俺たちは向こうから捜してみます。行こう、シャロン！」

「えぇ、スコット兄さん！」

父が門前の道を右に行くのを見て、スコットはシャロンを促す。

同じ方向に行くのは効率が悪いと思ってのことだろう。スコットの意図を理解すると、シャロンは門前の道を左に駆け出した。

しかし、ランが向かった先などまるで見当がつかない。

夕食を残したのも、日中に頭が痛くなったことが原因だとばかり思っていたから、シャロンにとってはすべてが突然だった。

——とにかく、今は考えているときではないわ！

シャロンたちは、目についた場所からしらみつぶしに捜すことにした。

家から五分ほどの場所にある雑木林。

日中は子供たちの遊び場となっている広場。

空き家になって久しい廃墟のような建物まで捜し回った。

そのうちに、父に頼まれた近所の人たちが集まり出し、範囲を広げて捜すことになったが、ランはなかなか見つからなかった。

「シャロン、本当に心当たりはないのか？　ランの行きたがっていた場所とか、会話の中で出てきた場所とか……。どんな些細なことでもいい。よほどの遠方でない限り、こうして闇雲に捜すよりも見つかる可能性が高いと思うんだ」

それから三十分ほど経った頃、不意にスコットが問いかけてくる。

スコットは息を弾ませ、その額からは汗が滴っていた。

手がかりもなく捜すのには限界がある。近隣の人たちまで巻き込んでいるのだから、その焦りはシャロンも痛いほどわかっていた。

「……行きたがっていた場所」

けれど、彼とはそんな会話は一度もしたことがない。

ランとはたわいない話をたくさんしたけれど、考えてみると彼はいつも聞き役だった気がする。会話のほとんどがシャロンの日常の出来事についてだったが、彼はとても興味深そうに耳を傾け、感心した様子で頷いてくれるから調子にのってたくさん喋ってしまうのだ。

だから行きたがっていた場所なんてわかるわけがない。

わかるのは、彼がびしょびしょの状態でやってきたことだけだ。

「あ…っ!?」

「どうした？」

「う…、海…ッ！　まだ海を捜してないわ……ッ！」

「海？　そ、そうか！」

「そうよっ、海だわ…っ！」

「よしわかった、行こう！」

はじめて見たときのランは全身濡れていた。

シャロンの家から少し歩いた先には海がある。

単純に考えれば、ランは海に浸かっていたということになるだろう。ならば、来た道を辿っていった可能性があると思ったのだ。

焦っていたせいで、こんなことさえ思いつかなかった。

確信があるわけではなかったが、シャロンたちは海に向かおうとした。

「――シャロン……ッ！」

ところがそのとき、突然背後から呼び止められる。

大きな声に驚いて思わず足を止めると、少し離れた場所にルークが立っていた。

瞬間、シャロンは肩をびくつかせて後ずさった。

一か月前の出来事が頭に浮かぶ。昼に謝罪はされたが、それだけでは帳消しにできなかった。

「き…、聞いたよ。あいつ、出て行ったんだろ？　なら…、捜すだけ無駄じゃねぇの？　もう戻ってくるはずないって……」

「え…？」

「ほら…、怪我だって、ほとんど治ったって話じゃないか。だったら…、出て行くのが当然だよな？　俺、あいつの決断は正しいと思うんだ。はじめからそういう話だったわけだし、もともとシャロンたちとはなんの関係もなかったんだから」

ルークは早口で言うと、自分の言葉に何度も頷いている。

よく見れば、その顔は妙に強ばっていた。

しかも、自分から声をかけてきたのに彼はシャロンと目を合わせようとしない。右に左に視線を彷徨《さまよ》わせ、いつもとは様子が違っていた。

幼い頃から知っている分、気づけることもある。

落ち着かない様子で左右に揺れる身体。

一向に合わせようとしない視線。握っては開きを繰り返す手の動き……。

それはルークが隠し事をしているときにする動作で、明らかに怪しいと感じさせるものだった。

──まさか、本当にランに何かしたんじゃ……。

シャロンが来たとき、ルークは物置小屋を出るところだった。

あのとき、ベッドに横たわるランを見て不審に思ったが、彼は世間話をしていただけと言ってそれ以上は教えてくれなかった。その直後にランが頭痛を訴えはじめたから有耶無耶《うやむや》になってしまったけれど、普通は殴られた相手のもとにわざわざやってきて雑談をしようとは思わない。人が来ているのに、ランが横になったままでいたというのも変だった。

「……ルーク、あなたランに何をしたの？」

「な…、何ってなんだよ……っ」

「とぼけないで！　今日の昼、ランに会いに来ていたわよね？　本当は何をしに来たの？　ランはベッドに横たわっていたけれど、とても雑談していたようには見えなかった。思い返してみると、あのときからランの顔色はよくなかったわ」

「ルーク、それは本当なのか？」

「……い、いや…、俺は別に……、軽く突き飛ばしただけで……」

「おまえ…ッ、なんてことを……っ！」

「ちっ、違う……っ、俺はシャロンのためを思って……っ」

ルークは焦りを滲ませた顔でスコットに弁解する。

だが、すべてが言い訳にしか聞こえない。シャロンだけなら適当にとぼけて誤魔化していたのだろうが、尊敬するスコットが相手ではそうはいかないようだった。

「ルーク、正直に言うんだ…ッ！」

「だ…、だから…ッ、俺はただ出て行けって言っただけだよ…っ！」

「な…ッ!?　ルークあなた、なんのつもりで」

「シャロンがいけないんだろ!?　あいつが来てからシャロンは変わった…ッ、あいつばっかり贔屓《ひいき》して！　あいつがいるからシャロンが変になったんだ……っ！」

「何よそれ…ッ」

「俺は間違ってない！　あいつの味方ばかりするシャロンが悪いんだ！　だって、こんなの間違ってる。横からかっ攫うような真似をされて黙っていられるかよ……っ。だから元に戻そうとしたんだ。そうすればシャロンも正気に戻るはずだって……。なぁ、スコット兄さんだって、俺の気持ち知ってるだろ？　応援するって言ってくれたじゃないか！　なのにどうしてあいつを捜すんだよ!?　スコット兄さんまであいつの味方しないでくれよ…ッ！　俺のほうがずっと前からシャロンが好きだったんだから……っ！」

「……ッ!?」

最後の言葉にシャロンは目を剝《む》いた。

これでは、思いどおりにならなくて駄々《だだ》を捏《こ》ねている子供だ。

ならば、シャロンを犯そうとしたことも、本当は悪いとは思っていないのだろうか。力尽くで自分のものにしてしまえば、あとはどうにでもなると簡単に考えていたようにしか思えない。

こんな形で気持ちを知っても腹立ちしか覚えない。

まっすぐ告白されていたら、もっとまっさらな気持ちで聞けたかもしれないのに、こそこそとした卑怯なやり方には憤りしかなかった。

「ルークのばか…ッ！　見損なったわ……っ！」

「あ…っ」

シャロンは力いっぱい叫んで、その場から走り去った。

人を好きになる気持ちは否定しない。

けれど、相手の気持ちを無視していいわけがない。

幼い頃から知っているルークは家族に近い存在だったが、なんでも許せるわけではなかった。

——ランは、追い出されたんだわ……っ。

彼は何も言わなかったが、きっといろいろ言われて追い詰められたのだ。

急に頭が痛くなったのは、追い詰められたことも原因になっているのだろうか。

どうして気づいてあげられなかったのだろう。ルークが物置小屋に来ていた時点で不審に思っていたのだから、もっと食い下がるべきだった。

シャロンは自責の念に駆られながらひた走る。後ろからスコットが追いかけてきているようだったが、それを確認する余裕もなかった。

それから間もなく、シャロンは浜辺に着いた。

「あっ、シャロンちゃん！　ちょうど良かったわ。今、教えに行こうと思っていたの。向こうのほうでそれらしい若い男性を見たって人がいるのよ」

「え、本当ですか…ッ!?」

すると、年配の女性が駆け寄ってきてランらしき人物の情報を教えてくれた。

彼女は小さな頃から知っている近所の人だ。見れば浜辺にはまばらな人影があり、彼らもまた捜索に協力してくれているようだった。

「行ってみます！　おばさん、ありがとう…ッ！」

「気をつけてね…ッ！」

「はいっ！」

やはり父の考えは正しかったのだ。

土地勘のない者がそう遠くに行けるわけがない。

海が思い浮かぶまで少々時間がかかってしまったが、ようやく手がかりを摑めたことで感情が高ぶって駆ける速度がますます上がった。その道すがら、顔見知りの男性に『向こうだよ』と教えられてさらに進むと、浜辺でぽつんと佇む人影が見えてきた。

「ラン…ッ！」

はっきりと顔を確かめたわけではない。

その人影は、月明かりでぼんやりと見えるだけだったが、シャロンは遠目からでもそれがランであると確信した。

人影は僅かに身じろぎをして、辺りを見回している。

程なくして、人影はこちらに目を向けると、たじろいだ様子で後ろに下がった。

やはりランに間違いない。シャロンは呼吸ができなくなりそうなほど息が上がっていたが、足を止めることなく砂浜を駆けていく。

「ラン…ッ、ラン…——ッ！」

その勢いのまま、シャロンは突進するようにランに抱きついた。

「……っ」

突然のことに彼は虚を衝かれた様子だった。しかし、よろめきつつもぐっと堪え、なんとか体勢を立て直してシャロンを抱き留めた。

「シャロ…ン……？」

「置いていくなんてひどい…ッ、ばかっ、ばか…ッ、ランのばか――ッ！」

「……っ」

「どうして何も言わずにいなくなるのよッ!?　捜したんだから……ッ、あちこち捜し回ったんだから……っ」

「シャロン……」

シャロンは彼の胸に顔を埋めて泣きじゃくった。

ひんやりと冷たい服。夜風に当たって冷え切った身体。

ずっとここにいたのだろうか。彼はこれから一人でどうするつもりだったのだろう。考えるだけで胸が痛くなった。

「……っは、っはあ……、ラン……、やっぱり海にいたんだな……」

「スコットさん……。あなたまで俺を捜して……？」

「あぁ、俺だけじゃない…ッ。近隣の人たちにも協力してもらった。もちろん、父さんにもだ」

「え…？」

少し遅れてスコットが追いつき、乱れた呼吸音が辺りに響く。

シャロンはしがみついたままランを見上げた。

揺らめく青い瞳。ぼんやりとした月明かりが、彼の動揺を映し出している。どうして自分のためにそこまでといった困惑が伝わってくるようだった。

「――あ…」

その直後、ランは息を詰めて目を見開く。

彼の瞳はスコットではない別の何かを映していた。

シャロンはその視線の先を追いかける。すると、自分たちのほうに人影が近づいてくるのが目に入った。おそらく、呼びに行ってくれた人がいたのだろう。近づいてくるのは父だった。

「どう…して……」

ランはさらなる動揺を顔に浮かべている。

しかし、父はランの前で立ち止まっても口を閉ざしたままだ。

ややあって僅かに乱れた息が整うと、父は大きな手をランに向ける。瞬間、ランの頬が叩かれ、ぺちんと小さな音が響いて消えた。

「……俺の大事な娘を泣かせるんじゃない」

一言、父はぼそりと呟く。

「……ッ」

その瞬間、ランはぐしゃっと顔を崩してシャロンの肩に顔を埋めた。

父は本気で叩いていなかった。

力が入っていないとわかる軽い音だった。

だから、痛みとは違う感情が込み上げたのかもしれない。

「帰るぞ」

「……、……は……い……」

父の言葉にランは声を震わせて頷く。

けれども、彼はシャロンの肩に顔を埋めてなかなか動こうとしない。

シャロンの頬を、さらに涙が伝っていく。

父や兄がいるのに込み上げる感情を抑えることができず、ランにしがみついて声を上げて泣いてしまった――。

❀　❀　❀

近隣の人たちを巻き込んでの捜索。

本当に、皆、優しくていい人たちばかりだ。

いつもなら寝ている時間なのに、父の呼びかけで多くの人がランを捜し回ってくれた。

その甲斐もあってランは浜辺で見つかったが、シャロンが泣きじゃくって彼を放さずにいると皆呆れたように笑っていた。

お陰で、シャロンがランを好きだということがすっかり皆にばれてしまった。

それだけでなく、父が周りに協力をお願いしたこともあって親公認の仲だと思われたようで、帰り際に『よかったねぇ。結婚式が愉しみだ』などと皆に囃《はや》し立てられたが、シャロンは動揺のあまり気の利いた冗談も返せなかった。

「……そんな、さすがに気が早いわ……っ」

「え？」

シャロンはあれこれ思い出しながら顔を赤くする。

すると、ベッドに腰かけていたランが不思議そうに首を傾げた。

心の声を出していたと気づき、シャロンは慌てて首を横に振った。

「あ…、ううん、なんでもないのっ」

「……そう」

ここは、いつもの物置小屋だ。

ランはベッドに腰かけ、シャロンはその前に椅子を持ってきて座っている。

本当は家のほうに彼を連れて行きたかったのだが、ランは連れ戻された理由がまだよくわかっていないようだった。

自分はこの家の人たちに迷惑をかけている。

これ以上、厄介になるのは心苦しい。

彼の伏せた目が今もそう思っているだろうことは想像に難くない。

ランが出て行ったあと、彼への想いをシャロンが家族に打ち明けたことは知らないのだから無理もないだろう。だからこそ、父は『今後のことを二人でしっかり話してきなさい』とシャロンに言い、こうして物置小屋で話をすることになったのだ。

「あの…、ルークに酷いことを言われたんでしょう……？　昼に鉢合わせしたときに、もっと問い詰めればよかったわ……。久しぶりにルークに会ったから、少しびっくりしてしまって……」

「……いや…、いいんだ。俺が君たちに迷惑をかけているのは本当のことだから」

「そんなこと思ってないわ……ッ！　私、何度も言ってるでしょう？」

「だが怪我はもうほとんど治って……」

「肝心の記憶が戻っていないじゃない……ッ。ルークはね、あなたに記憶がないと知っていて、それでも出て行けと言ったのよ？　帰る場所もわからないのに、どこに行けばいいの？　生活の基盤もない中で、どうやって生きていけばいいの？　自分の立場だったらと思うとぞっとするわ。私は、それが正しいことだなんて思わない」

「それは……」

ランは黙り込み、俯いてしまう。

きっと、ずっと悩んでいたのだろう。

誰よりも、もどかしい日々を過ごしていたはずだ。

そのような中で責められても、反論できない立場では呑み込むしかない。

これからどうすればいいのかと途方に暮れていたからこそ、あの浜辺で立ち尽くしていたのだろう。そう思うと、ルークへの憤りが再燃しそうだった。

「ルークは幼なじみだし、家族同士の付き合いもあるけど、だからといってなんでも口出ししていいわけじゃないわ。それに…、一か月前には無理やりあんなこと……っ、面と向かって好きとも言えないくせに……っ」

「えっ!?」

「え？」

「あ…、いや……」

シャロンの言葉に、ランはぱっと顔を上げた。

しかし、シャロンが聞き返すと彼は途端に口を噤んでしまう。

何を驚くことがあるのだろう。ルークは幼なじみだ。家族ではない。そこに偽りはなかったが、今の反応には引っかかりを感じた。

まさか他にも言われたことがあるのでは……。

シャロンは疑念を抱き、ランの膝に置かれた大きな手をそっと握った。

「ねぇラン、他には何を言われたの？」

「……え、な…、何も……」

「私には言えないこと？」

「い、いや……」

「やっぱり言われたのね」

「……っ」

「それなら教えて。ルークはあなたに何を吹き込んだの？」

「そ…、それは……」

「それは？」

「……婚約者……だと……」

「えぇっ!?」

躊躇いがちなランの言葉に、シャロンは素っ頓狂な声を上げた。

唖然として言葉が出てこない。

一体、いつから自分たちはそんな関係になったというのだ。

そもそも、ルークがシャロンを好きだと言ったのはつい先刻のことなのに、あらゆる過程をすっ飛ばして結婚だなんて、さすがに笑い飛ばせる嘘ではなかった。

「そんなの初耳だわ。なんて酷い嘘を……。まさか、ランはそれを信じたというの？」

「……信じたわけでは」

「だったらどうして？　私…、特別な相手がいたなら、他の人に甘えたりしないわ。あなたに最初に抱き締められたときに拒絶したはずよ。あなたがはじめて好きになった男の人なのに、そんな器用なことができるわけないじゃない」

「……そ、そう……なのか……？」

やや驚きが混じったランの声。

何げなく彼を見ると、大きく見開かれた青い瞳と視線がぶつかった。

そこでシャロンはハッと息を呑み、今の自分の発言に気づいた。

「や…っ、やだ私ったら……っ！」

こんな形で伝えるつもりではなかったのに、つい口が滑ってしまった。

あまりの恥ずかしさに、シャロンは真っ赤になって俯く。

すると、ランが手を握り返してくる。盗み見るように彼に目を向けると、思いのほか顔が近くて心臓が大きく跳ね上がった。

「……あ、あの……」

「なら…、近隣の人たちの噂の的になっているというのは……？」

「え…、う、噂……？」

「俺の世話をしているせいで、君が酷い噂を立てられているせいで、ふしだらな娘と噂されていると聞いたんだ。俺は…、二か月もの間、何も知らずに……。いずれは去らねばならないのに俺は……」

「そんな大袈裟な……」

「大袈裟では」

「だって本当にそう思うんだもの！」

シャロンはふるふると首を横に振り、彼の考えを否定した。

ランは腑に落ちない様子だったが、こちらも誤魔化しているつもりはない。

シャロンは大きく息をつくと、彼の手をしっかりと握り直した。

「言われてみれば、はじめはやけに近所の人の視線を感じた気はする。でも、皆小さな頃から知っている人ばかりだし、陰口なんて言ったりしないわ」

「まったくないとは思えないが」

「まぁ、多少の噂はあったかもしれないけど、気になるほどではなかったわ。要するに、その程度の噂ということよ。小さなことだわ」

「そう…だろうか……」

ランは困惑した様子で首を傾げている。

そんなにおかしなことを言っただろうか。大きな噂となれば耳に入るだろうし、それが悪意であればそう伝わるものだ。

けれど、これまでシャロンはそういった噂があることを聞いたこともないのだ。

なんとなく感じていた好奇の目も、ランが作業場に姿を見せるようになってからは、すっかりなくなった。

たとえ怪しい男だと訝しんでいても、実際に相手を目にすれば考えは変わるものだ。

今ではランの紳士的な態度や優しげな雰囲気に、ほとんどの人が好感を持っている。

何せ、作業場に行くとランの周りにはすぐに人が集まって、皆、あれやこれやとさまざまなことを楽しそうに教えはじめるのだ。そういった姿を見るたびに、シャロンも嬉しくなって自然と笑顔になった。

「もしかして、それがランの出て行った本当の理由……？　私たち家族が白い目で見られてると思ったの……？」

「……っ」

ランは途端に瞳を揺らし、唇を引き結ぶ。

彼は否定も肯定もしなかったが、握った手にきゅっと力が込められて、それが答えなのだと伝わった。

シャロンは目に涙を浮かべ、感情のままにランに抱きついた。

ならば、もう出て行く理由はどこにもない。

そんな考えは、一刻も早く捨ててもらわなければならない。

「シャ…、シャロン……？」

「ルークの嘘なんて信じないで……！　たとえそれが本当だったとしても、気にする必要なんてないわっ。だって、ランはこれからずっとここにいるんだもの……っ！」

「え…？」

「私、父に言ってしまったの……っ。ランのことが好きだって、ずっと一緒にいたいって言ってしまったの……ッ」

「……ッ!?」

「そうしたら、『わかった』って頷いてくれた。ランを一緒に捜してくれたわ……っ。近所の人にお願いをして、大勢で捜し回ったの。だから…ッ、ほとんどの人が思ったはずよ。ランは、この家の人になるんだって……。わ…、私の…っ、旦那さまになるんだって……っ!」

「だ…、旦那さま……?」

「そうよ、だって私…、そう望んであなたを連れ戻したんだもの……っ!」

「ッ!」

だから出て行かれては困る。

置き手紙などで終わりにしてほしくない。

ずっと一緒にいてくれなくては嫌なのだ。

シャロンは駄々を捏ねるように彼の唇に自分の唇を押しつけた。

「……シャ…ロ…、……う……」

唇の隙間から、くぐもった声が聞こえた。

いきなり口づけられて、ランの戸惑いが伝わってくる。

女のほうからこんなはしたない真似をするものではないと頭ではわかっていたが、朝になってここに戻ってきたとき、彼がいなかったことを想像すると、とても離れることができない。このまま朝まででも触れていなければ安心できなかった。

「私は…、あなたがどこの誰かなんてどうでもいいの……。この先ずっと記憶が戻らなくても、思い出なんてこれから二人でたくさん作っていけばいいのよ……」

「シャロ…ン……」

彼の首にしがみつき、シャロンは何度も唇を押しつける。

涙声で言葉を繋ぎ、夢中で口づけを繰り返した。

まるでプロポーズのようだったけれど、シャロンには彼以外の男性と結ばれるなど想像すらできない。この先もずっと彼の傍にいることしか頭になかった。

「……ね、ラン……、それで充分だとは思わない……？」

「……ッ、……シャロン……」

そのとき、不意にランの息が乱れた。

掠《かす》れた響きに思わずどきっとして、彼と目を合わせようとした途端、背に腕が回されて強引に抱き寄せられた。

「……あ…っ!?」

その直後、突然視界が反転してシャロンの長い髪がベッドで跳ねる。

のしかかる逞しい身体。

服越しで伝わる体温。

顔を上げると、濡れた瞳で自分を見下ろすランと目が合う。すぐには状況が摑めなかったが、それから程なくしてシャロンは彼に組み敷かれていることに気づいた。

「シャロン…、君は、自分が何を言っているのかわかっているのか……？」

「ラン…」

「俺は……聖人君子ではないんだ……っ。こんなことをされたら我慢できなくなってしまう……。俺だって…、君が好き…なんだ……！　いつも笑顔で励ましてくれる君に、どれほど助けられたかわからない。惹かれないわけがないだろう。知れば知るほど君を好きになっていった……っ！」

「……っ」

ランは息を弾ませ、熱の籠もった眼差しでシャロンを見つめる。

瞳の奥に宿った激しい情欲。

彼に求められていることは言葉にするまでもなかった。

「だが……、俺は何も持っていない。君にあげられるものが何もない。こんなことが許されるわけが……」

けれど、ランは苦しげに息を乱しながらも、それ以上は必死で堪えている様子だ。

こうしている間も、彼の体温はどんどん上がっている。のしかかられているだけで伝わるほどの熱だった。

「私は、あなたがいいの……っ。他の誰も考えられないっ！　これ以上、必要なものなんてないわ……っ！」

シャロンは顔を涙でいっぱいにして彼に抱きついた。

ランが何も持っていないなんて、そんなわけがない。

あげられるものが何もないだなんて、嘘ばっかりだ。

だったら、この愛しい気持ちはなんなのか。はじめて『好き』と言われて舞い上がっている今の気持ちはなんだというのか。

心が躍るほど嬉しかった手作りのブレスレット。

これ以上に想いの籠もったものをシャロンは他に知らない。

すべて彼がくれたものだった。

「シャロン……ッ！」

「……あ…、んう……っ」

直後、かぶりつくように唇を塞《ふさ》がれ、シャロンはくぐもった声を漏《も》らす。

角度を変えながら何度も口づけられて、やがて唇の隙間からそっと舌を差し込まれた。

熱くぬめった舌の感触。

それがシャロンの歯列を甘くなぞり、上あごを軽く突いた。

「ん…、っふ…」

はじめての深い口づけだった。

なのに、相手がランだと思うと少しも嫌ではない。

ルークに押さえつけられたときとはまるで違う。

彼の舌先で自分の舌を撫でられているだけで、力が抜けていってしまう。

身体の奥まで触れられているようで、それがとても気持ちいい。次第にもっと撫でてほしいと思うようになり、シャロンは知らず知らずのうちに自ら舌を差し出していた。

「……ん、ん…」

「シャロン……、君が好きだ……っ」

「……私も…、……すき……、大好き……」

甘い囁き。

夢中で絡め合う舌。

心の底まで蕩かされる中、服の上から胸を揉まれて、シャロンはその手の熱さに身を震わせる。

唇、舌、手のひら、のしかかる熱い身体。

彼と触れ合う場所から全身に熱が広がって呼吸が乱れていく。

今すぐにでも彼のものになりたい。

シャロンは身体の中心が切なく疼くのを感じて彼の耳元で囁いた。

「ラン……。早く…、あなたのものにして……っ」

「……え…？　も、もう…？　さ…、さすがにそれは無茶では……」

「なぜ？」

「まだキスしか……。もう少し…、準備をしたほうが……」

ランは驚いた様子でシャロンを見つめている。

けれど、何が足りないのかシャロンにはよくわからない。

こんなに淫らな気持ちになったのははじめてで、どうすればいいのかもわからない。

一瞬、ふしだらな女だと敬遠されたのかと思ったが、自分を見つめる彼の瞳は熱く揺らいだままだ。

――だったら、どうすれば……？

シャロンはぐるぐると考えを巡らせ、ふと思いついて自分の服に手をかける。

服を着ているから先に進めないのだと思って、シャロンは横になった状態で胸元のボタンを外し、自ら服を脱ぎはじめた。

「シャ…、シャロン……？」

「少し待ってて。この体勢で脱ぐの、はじめてで……っ」

「い、いや…」

「ん…、んん…。あ…、だめ、難しいわ。少し手伝ってもらってもいい……？」

「……え…？　あ、あぁ……」

「ありがとう」

自分でなんとかしようと試みるも、ランが上にいるから思ったようには動けない。

ならば手伝ってもらったほうが早く脱げるだろうと思い、彼に協力をお願いすることにした。

動きやすいことを一番に考えて、シャロンはいつもワンピースばかり着ている。日中はエプロンを着けているが今はそれがない。簡単な構造の服なので起き上がれば一人で脱げるが、それではきっと今の甘い雰囲気を壊してしまいかねないと思っての行動だった。

「……ん…っ、どうしても…、腕がうまく……っ。あ…、脱げた……。じゃあ、あとはスカートの裾《すそ》を引っ張ってもらえば……」

「スカートの裾……」

「そう、一気に」

「……わ、わかった」

四苦八苦しながらも、なんとか袖から腕を抜いてシャロンは息をつく。

しかし、それでは上半身だけで中途半端だったため、ランに頼んで一気に脱がしてもらうことにした。

「いいか……？」

彼は躊躇いがちにスカートの裾を摑むと、こちらをじっと見つめてくる。

同意がほしいのだと思い、シャロンはコクンと頷く。

すると、ランは意を決した様子でぐっと裾を引っ張った。

その直後、シャロンの腰を一気に布が抜けて見る間に白い脚が剝き出しになる。まるで手品の如《ごと》く、シャロンは一瞬のうちに下着姿になっていた。

「あ…、えと…、ありがとう……」

「……あぁ…いや…」

礼を言うと、彼は視線を彷徨わせながら小さく答える。

その目はシャロンの脚やシュミーズが捲れてあらわになった腰、胸の膨《ふく》らみなどを追いかけていて、ごくっと唾を飲み込む音と共に喉仏が大きく上下したのがわかった。

もしかすると、すごく大胆なことをしてしまったのだろうか。

シャロンは顔を赤らめ、ぎこちない動きでシュミーズに手をかけた。残すは下着だけという段になり今さら羞恥心を覚えていた。

「あ…っ!?」

そんなところへ、突然ランがシュミーズの裾を摑んでくる。

驚いて顔を上げると、彼の呼吸は激しく乱れていて、急かすようにシュミーズをぐっと引き上げられた。

「えッ、な、なに」

「……こっちも手伝おう」

「ちょ…、待っ……、ああ…ッ!?」

協力をお願いしたのはワンピースだけだ。

下着は自分で脱げると言おうとしたが間に合わない。ランはシュミーズを素早く捲り上げると、あっという間に上半身を裸にしてしまった。

だが、彼の動きはそこで止まらない。

突然乳房が空気に晒され、驚いて固まるシャロンの下腹部に彼はすっと手を伸ばしてくる。そのままドロワーズの腰紐をするすると解かれ、裾の部分をぐいっと強く引っ張られた。

その間、僅か数秒の出来事。

シャロンはスカートに続いて下着まで一気に引きずり下ろされ、気づいたときには裸に剝かれてしまっていたのだ。

「え…、え……？」

シャロンは何一つ反応できない。

ぱちぱちと目を瞬かせていると、ふと視線を感じる。

ランに目を移すと、彼はシャロンの胸の膨らみを食い入るように見ていた。

「あ…、や…っ」

シャロンは真っ赤になり、慌てて両手で胸を隠そうとする。

しかし、素早い動きでその手を摑まれてしまう。ランは再びシャロンにのしかかると、首筋に唇を寄せ、そこから胸元にかけて口づけてきた。

「ひぅ…、ん、あぁ…っ、あ……ぃや……っ」

「とても綺麗な身体だ……」

「きっ、綺麗…っ!?　そっ、そんなわけないわ……ッ。……て、手だって…、ガサガサだし……っ」

そう言って、シャロンは自分の手を握り締める。

手が荒れているのは今さらのことで、あえて口にする必要はなかったが、褒められ慣れていないせいで、ついかわいげのない反論をしてしまった。

「手…？」

彼は僅かに首を傾げ、摑んだままのシャロンの手に目を移す。

隠すように握った手は、こうして見るとランの手よりずっと小さい。

指の長さ、太さ、骨の出っ張り。こんなにも違っていたのかと密かに驚いていると、手首に口づけられた。

「……これほど綺麗な手は他にないのに……」

「あ…んっ」

ランは囁き、手のひらや指先に唇を押し当ててくる。

まるで愛撫されているようで、シャロンは思わず甘い声を上げてしまう。

その声に驚いていると、彼はくすっと笑ってこちらを流し見た。

目が合った途端、シャロンの心臓は大きく跳ね、カーッと顔が熱くなった。

ランの濡れた瞳はやけに色っぽく、恥ずかしいのに目が離せない。

徐々に顔が近づいて、唇が重なるとすぐに舌を搦め捕られた。

先ほどよりもランの舌が熱くなっていたことに驚き、シャロンはくぐもった声を漏らしたが、彼は貪るように口づけ、その動きを緩めることはしなかった。

「ん…、んっ、んぅ…っ、っふ…っ」

そのうちに、彼の指先がシャロンの脇腹に触れた。

しかし、指先は脇腹に留まることなくなぞるような動きで背中に向かうと、背筋や肩甲骨を撫でてからまた脇腹に戻ってくる。くすぐったいような、むずむずする動きにシャロンはぶるっと身を震わせた。

「ん…ぅ…ッ、んん……ッ」

すると、今度は指先が乳房のほうへと動きはじめる。

胸の膨らみの辺りでくるくると円を描いたあと、乳首を軽く弾かれて、もどかしくて堪らなくなった。

じれったくて切ない。もっとたくさん触ってほしい。

シャロンはみるみるうちに頭の芯まで蕩かされて、自ら彼に舌を差し出す。夢中で舌を絡め合い、彼の手に乳房を押しつけていた。

触れてほしいと言わんばかりの要求に、ランは尖った頂《いただき》を親指でこね回しながら膨らみを揉みしだく。その反対の手はシャロンの太股を撫で回していたが、びくびくと敏感に反応する姿に煽られ、彼は興奮気味に細い足首を摑んで開脚させた。

「んっ…、っふ…んんっ」

「……ッ、シャロ……ン……ッ」

大きく開かれた脚の間に、ランはすかさず身体を割り込ませる。

同時に、太い指がシャロンの中心に触れ、いきなり上下に擦られて全身が激しくびくついた。

「んう…、あぁあ…っ!?」

互いの唇はそこで離れ、シャロンは嬌声《きょうせい》を上げた。

擦られるたびにくちゅくちゅと響くいやらしい水音。

やがて中心に軽く指を差し込まれるとぐちゅっと音が立ち、その指が出し入れされると
さらに淫らな響きとなる。それはシャロンの奥から溢れた蜜の音にほかならなかったが、
自分がこんな状態になっているとは思わず、火がついたように顔が熱くなった。

「すごい…な……」

「あっあっ、あっ、やっ、いや…っ、音…、立てないで……ッ」

「そんな難しいことできないよ」

「だめ…っ、だめ……っ、それに…、そんなにたくさん擦ったら、おかしくなっちゃうから……ッ」

「……どんなふうに?」

「わ…、わからないけど……でも…、奥のほうが…、切なくて…苦しい……っ。ランの指で、おかしくなるの……っ」

「……」

「あっああっ、だめ…ッ、抜いて……、お願い抜いて……っ」

自分が何を口走っているかもわからず、シャロンは目に涙を浮かべて懇願した。

だが、彼はいくら頼んでも指を抜いてくれない。それどころか指をさらに増やして動きを速め、内壁が淫らにうねる様子を確かめているようだった。

このままでは本当におかしくなってしまう。

切なく喘ぎながら、シャロンは首を横に振る。

これが快感だということは本能で理解したが、自分の求めているものとは違っていた。

「やだっ、指…、指じゃいや……ッ」

「……俺の指が、いやなのか？」

「ち…ちが……。そうじゃなくて……っ」

シャロンはがくがくと内股を震わせ、ランの頬に手を伸ばす。

頭の芯が溶けてどうにかなりそうだったが、お腹の奥に力を入れてなんとか快感を堪える。僅かに身を起こして彼の唇に吸いつくと、ねだるように舌を差し出した。

「……っ」

甘く絡み合う舌先。

ランの呼吸が乱れたのがわかった。

互いの舌を擦り合わせると、それが熱い息へと変わっていく。

次第にシャロンの中心をかき回す指の動きが緩やかになって止まった。

それからすぐに淫らな音を立てて指が引き抜かれ、彼はシャロンとキスをしながら自身のシャツをもどかしげに脱ぎはじめる。すると、引き締まった彫刻のような肉体があらわになり、脱いだシャツを無造作にベッドに投げると素早く下衣も脱ぎ去った。

「抱いて…、いいのか……？」

「……ん」

掠れた声がシャロンの耳元で囁かれ、シャロンは涙を零して頷く。言葉にせずとも伝わったのがわかって嬉しかった。

「あ、…あぁ…、ん……」

ややあって、蕩けきった中心に硬いものが押し当てられる。

彼は熱い先端でシャロンの中心を何度も刺激した。

「あっ、はっ…、んあ…っ」

「……は……」

甘い喘ぎを上げると、彼も苦しげに息をつく。

蜜に塗れた先端でシャロンの中心を何度か擦ると、ランは腰にぐっと力を込める。同時にシャロンの腰を摑んで引き寄せることで、少しずつ結合を深めようとしていた。

「あぁ…ぅ……ッ」

シャロンは強い圧迫感に息を詰め、シーツを握り締める。

内壁が熱の塊で、どんどん押し広げられていく。苦しくてか細く喘いだが、彼は動きを止めることはしなかった。

「……っく」

それどころか、ランはシャロンの腰を摑む手にさらに力を込める。

奥歯をぎっと嚙みしめ、その細い腰をさらに自身に引き寄せると、自らも強く腰を突き出して一気に最奥まで貫いたのだ。

「あぁ――……ッ！」

シャロンは背を反らして甲高い嬌声を上げた。

瞬く間に奥まで押し広げられ、涙が溢れて頬を伝っていく。

ランは苦しげな表情で息をつき、シャロンに口づけを落とす。頬を濡らす涙を柔らかな唇で拭《ぬぐ》い、掠れた声で囁いた。

「……痛い……か……？」

「あ…、ん…ぅ…、へ…、平気……」

「だが…」

「ほ、本当よ……。少し苦しいけど……。涙は…、勝手に出てしまうだけ……」

「……」

「だから…、大丈夫……」

途切れ途切れに答え、シャロンは小さく微笑んだ。

別にやせ我慢をしているわけではなかった。

ランの指で達しそうなほど蕩かされていたからか、痛みはほとんどないのだ。

それに、いつも紳士的で優しい彼が、淫らに濡れた眼差しで自分を見つめていると思うと胸が熱くなってしまう。それで涙が溢れてくるだけで、心配されるほどの苦痛はなかった。

「……なるべく…、優しくする……。辛かったらそう言ってくれ」

ランは耳元で囁き、シャロンの腰を摑み直す。

切なく息をつき、堪えきれないといった様子で腰を前後させた。

「あ…っ、あぁ…ぅ…、あぁ…あ…」

内壁を行き交う刺激に、シャロンは堪らず声を上げる。

しかし、甘い響きが含まれたその声は、明らかに苦痛に喘ぐものとは違う。ランにもそれはすぐに伝わり、そこから本格的な抽送がはじまった。

「あっあっ、あっあぁあっ」

結合部から絶え間なく響く淫らな水音。

恥ずかしかったはずのこの音も、今は気にする余裕さえなかった。

蕩けきった内壁は熱い猛りを柔軟に受け入れ、さらなる刺激を求めるように一層蜜を溢れさせている。奥を行き交う熱を強く締め付けると、ランは掠れた喘ぎを上げ、同時に律動が速められた。

「……シャロン…ッ」

「あっあぁっ、ああっあっ、あぁあ……ッ」

この淫らな声が、自分のものだなんて信じられない。

彼の下で喘ぐ自分の姿など、今朝起きたときには想像もしなかった。

それなのに、今はこうしていることが堪らなく嬉しい。

ずっと一緒にいられるのだと思うと、心の底から愛しさが込み上げてくる。

じんじんと内壁が痺れて一層の切なさが募り、指で刺激されているときより遙かに強い快感にシャロンは激しく喘いだ。

「あっあっ、あっあぁあぁ……っ！」

「シャロン…ッ、もっと……っ」

「ひぁあ…ッ、あっ、あぁ…ッ、ラン…ッ、ラン……ッ！」

シャロンの手を摑むと、ランは覆い被さるように組み敷く。

左手はシャロンの手を摑み、右手は背に回され、強く掻き抱かれながら小刻みに揺さぶられる。そうすると、中心を行き交う彼の熱も同じように動き、その甘美な刺激がますますシャロンを快感に誘った。

「あぁあっ、いや…ッ、あっあっ、あ、あ、ああっ」

だが、いつまでもこんな強い刺激に堪えられるわけがない。

徐々にお腹の奥がうねって内股がぶるぶると震え出し、何かが迫ってくる感覚に不安を覚え、シャロンは彼の首にしがみついた。

　目の前がチカチカして、少しずつ白んでいく。

　それは生まれてはじめての絶頂の予感だったが、このまま身を任せればいいのだと思って確かめるように彼の唇を求めた。

「んっ、んんぅ、んっ、っん…んぅ」

「……ッ、シャロン……ッ」

　ランはかぶりつくようにシャロンの唇を貪った。

　息を乱しながらの激しい口づけに、さらに目の前が白んでいく。

　それでも離れたくなくて、なおも舌を絡めていたが、次第にお腹の奥が切なくわななき、我慢できずに唇を放した。

「あっ、ああっ、も…ッ、だめ…ッ、だめ……っ、あ、あぁあ……っ」

　行き交う熱を強く締め付けながら、シャロンは淫らに喘ぐ。

　無意識のうちに彼に腰を押しつけると、最奥に先端を留めたままで揺さぶられた。

　その強すぎる刺激で意識が遠のきかけた瞬間、シャロンは弓なりに背を反らしてがくんと身を震わせ、激しい絶頂の波に攫われたのだった。

「あっああっ、ああ――…ッ！」

「……っく、……ッ！」

　その直後、ランの低い呻きが耳元に響く。

熱い息が肌にかかって、シャロンはさらにびくびくと身を震わせた。

程なくして内壁が断続的に痙攣しはじめ、熱い猛りを一層強く締め付ける。

「――……ッ！」

すると、その動きが絶頂への引き金となって、ランは苦しげに息を乱してシャロンを強く抱き締めた。

やがて彼はぶるっと身を震わせると、最奥に留めた高ぶりをさらに突き上げる。

彼はシャロンのあとを辿るように快感を追いかけ、ついにはその熱を解放し、欲望のすべてを満たしたのだった。

「――っはっ、ああ……っ、あ、……あ…ぁ……」

部屋に響く忙しない呼吸音。

互いに抱き締め合ったまま、動こうともしなかった。

シャロンは息を弾ませながら、暗い部屋に灯ったランプの火に目を移す。

ランプの周りをぼんやりと映し出す光景は見慣れたもので、これが夢ではないと教えてくれているようだった。

「シャロン……、大丈夫か？」

「……っあ、……ん……、大丈夫よ……」

少ししてランが身を起こし、顔を覗き込んでくる。

中が擦れて思わず声が出てしまったが、身体を気遣ってくれているのが嬉しくて小さく微笑むと、彼はほっとした様子で胸を撫で下ろしていた。

「私…、かなり頑丈みたい。はじめてのときは痛いって聞いたことがあるけど、そうでもなかったわ」

「……そうか」

「ん…」

シャロンはこくんと頷き、彼の胸に頬を寄せる。

今さらながら、逞しい身体にドキドキした。好きな人と一つになるのが、こんなに幸せなことだなんて思わなかった。

ランはシャロンの長い髪を指で優しく梳《と》きながら息をつく。

顔を上げると、彼はどこか遠くを見るような目で小窓のほうを見ていた。

「ずっとこのままでいられるだろうか……」

それは、染み入るような静かな声音だった。

なんとなく気になって身を起こそうとすると、ランは柔らかなシャロンの薄茶色の髪に唇を寄せて笑った。

「なんでもない。少し考えてしまっただけだ」

「何を…？」

「……もし記憶が戻ったら、今の俺はどこに行くんだろう」

「え…？」

「いなくなってしまうんだろうか……」

シャロンは驚いて目を見開く。

すると、彼は小さく首を振り、自嘲気味に微笑んだ。

「……すまない、こんなときに……。忘れてくれ」

「え…、えぇ……」

ぎこちなく頷いて手を握ると、ランもその手を握り返してくる。

しかし、彼の言っていることが、シャロンにはよくわからなかった。

——どういうこと……？

どうして記憶が戻ると今のランがどこかへ行ってしまうのだろう。

だったら、今ここにいるランはなんだというのか。

そんなことがあるわけがない。考えすぎだと言おうとしたが、なぜだかランが少し遠くに感じて言葉にならない。

もしかして、記憶が戻る予兆でもあったのだろうか……。

彼はそれきり口を噤んでしまい、それ以上は答えようとしない。

シャロンは得も言われぬ不安を感じ、そんな彼を摑まえるように、その手を強く握ることしかできなかった——。

第五章

――二週間後。

家族で過ごす朝食の時間。

父と兄は仕事に精を出せるように、いつも朝からたくさん食べる。

シャロンは誰よりも早起きして食事を作り、二人の旺盛《おうせい》な食欲を確認することで一日のはじまりを実感してきた。

けれど、そんな光景にも、ちょっとした変化があった。

ランを連れ戻した翌日から、彼が皆と一緒に食事をとるようになったのだ。

「――ラン、ここ何日か考えていたんだが、よければ我々の手伝いをしてみないか？」

「え…、俺が……ですか……？」

「もちろん、無理にとは言わない。完全に怪我が治ってからの話になるが」

「父さん、それはいい考えですね！　なぁラン、やってみればいいじゃないか。毎日のように作業場に見学に来るくらいだ、興味がないわけではないんだろう？」

「それは……。ですが、そんなに簡単にできることでは……」

「なに、難しく考えることはない。誰だって最初は素人なんだ。やってみて好きになれるようなら続けてみればいい」

「は…、はい……っ」

父の提案に兄も賛同し、ランは戸惑いながらも嬉しそうに頷く。

シャロンはランの隣で朝食をとっていたが、皆の会話があまりに微笑ましくて、先ほどからずっと笑みがこぼれていた。

――あのとき、正直に自分の気持ちを話してよかった……。

シャロンはスープを口に運び、幸せを実感する。

今があるのは、誤魔化すことなく自分の想いを話したからだ。

だからこそ、父は彼を家族として迎え入れる決断をしてくれた。

『シャロン…、その…、食事は大勢のほうがいいと思わないか……？』

父のその一言をきっかけに、ランはこうして皆と過ごすようになった。

そのうえ、空き部屋の一つを彼の部屋として使っていいということになり、今はもうあの物置小屋に戻る必要もない。

スコットも、そのことには反対しなかった。

それどころか、最初の頃に感じた壁はすっかりなくなり、この頃はランに話しかける姿をよく見かける。先ほどの会話からも二人がランを受け入れようとしていることが伝わってきて、この先もこんな光景が続くことをシャロンは心から願うようになっていた。

「さて、そろそろ仕事に行くか」

そう言って父が席を立つと、続いてスコットも立ち上がる。

もうそんな時間なのかとシャロンも立てば、つられるようにランも席を立ち、そのまま見送りのために玄関に向かうことにした。

「……まぁ、ともかく今はゆっくりしていなさい。まだ頭が痛むんだろう？」

扉に手をかけると、父はランに目を向ける。

「え……」

「ときどき、苦しそうに頭を押さえる姿を見かける。痛いならそう言っていいんだ。やせ我慢などするものじゃない」

「……は、……はい……」

ランは目を丸くしていたが、掠れた声で頷いて目を伏せる。

確かに、彼はどんな痛みでも自分一人で抱えてしまうところがあるかもしれない。

父の言うように、苦しそうに頭を押さえる姿はシャロンもときどき見かけた。

けれど、それは長く続くものではないようで、シャロンが慌てて駆け寄ってもすぐに治まってしまう。傷は癒《い》えたはずなのにと密かに気になっていることだったが、彼が自分から痛みを訴えてくることはこれまで一度もなかった。

じっとランを見ていると、心なしか、その唇は震えていた。

彼は父から優しい言葉をかけられると、泣きそうな顔を見せることがある。もしかしたら、気づいてくれたことが嬉しかったのかもしれない。こういう姿を見るたびに、彼にはそういう経験がなかったのだろうかとシャロンの頭に微かな疑問が浮かんだ。

「では行ってくるよ」

「はい、行ってらっしゃい」

父はシャロンにも声をかけると扉を開ける。

玄関先まで見送ろうと思い、いつものように一緒に外に出た。

その直後、

「――ランスロットさま……ッ!?」

どこからか、声が聞こえてきた。

驚き交じりの男の声だ。

やけに大きな声だったために何げなく辺りを見回すと、門の前に馬車が停まっていることに気づいた。

その馬車の前には若い男が佇んでいる。

やけに身なりのいい男だが、見覚えはない。

父と兄も怪訝そうに首を傾げていたので知らない相手なのだろう。

「あぁ、やはりランスロットさまだ…ッ！」

すると、男は突然こちらに駆け寄って来た。

どうやら先ほどの声は彼のものだったらしく、感極まった様子でどんどん近づいてくる。

その姿を呆然と目で追っていると、男は玄関扉の近くで立ち止まり、乱れた息を整えながらランに向き直った。

「やっと…、やっと無事なお姿を見ることができました……っ！　この二か月半、どれほどお捜ししたことか……っ！」

「……え？」

雲一つない空の下、見知らぬ男が満面に笑みを浮かべていた。

当然ながら、シャロンは何一つ反応できない。

ランも、同じように呆気に取られていた。

——この人は誰？

ランの横顔を盗み見ると、彼は困惑を顔に浮かべている。

一方で、男のほうは目に涙まで浮かべていた。その表情は確信に満ち、明らかにランを知っている様子だった。

——ランス…ロット……？

一拍遅れてその名が頭の中で響き、シャロンはごくっと唾を飲み込む。

得も言われぬ不安で胸がざわめく。

父も兄も強ばった顔をしていた。

身体の芯が冷えていくのを感じて息が震える。

来てほしくなかった現実が、向こうからやってきたようだった――。

❀ ❀ ❀

シャロンたちはその後、詳しい話を聞くために、男を家に招き入れることにした。

父と兄は仕事に行くところだったが、さすがにそういうわけにもいかない。

ちょうど見習いの職人が門の前を通ったため、少し遅れる旨を伝えてそのまま居間に戻っていた。

「――どうぞ…」

「ありがとうございます」

シャロンは取り急ぎ紅茶を用意し、客人用のティーカップをテーブルに置く。

男は柔和な笑みを浮かべて礼を言うと、カップに口をつけた。

見たところ、年齢は二十代半ばくらいだろうか。男は『ジェラルド』と名乗り、改めて見るとずいぶん落ち着いた雰囲気をしていた。

「突然押しかけて申し訳ありません。身元不明の若い男性がいると人伝《ひとづて》で聞き、取るものもとりあえず来てしまったもので……」

「人伝で…？」

「えぇ、ファーウッド伯爵をご存じでしょうか。伯爵はどなたからか相談を受けたらしく、身近にそのような者がいれば教えてほしいということと、その男性には記憶がないようなことをおっしゃっていたそうで……。先日、その噂が私のもとにも届き、もしやと思ってこの場所を教えていただいたというわけなのです」

「そう…、でしたか……」

ファーウッド伯爵といえば、父の顧客の一人だ。

確かに父は以前、ランのことを伯爵に聞いてみると言っていた。

シャロンはテーブルの一番端の席に座ると、斜め前に座る父の顔を窺った。父は思い出した様子で「あのときの……」と驚いた顔をしていた。

――だけど、話の出所が伯爵さまということは……。

シャロンは胸を押さえて息をつく。

ジェラルドは、シャロンの隣に座るランを探るように見つめている。しばらく押し黙っていたが、やがてため息交じりに話を続けた。

「まさか本当に記憶を失っていたとは思いませんでした。ランスロットさま、私のこともわかりませんか……？」

「……すまない」

「そのランスロットという名も違和感があるくらいだ。俺には、本当に帰るべき家があるのか……？」

「えぇ、ありますとも。当然でしょう。あなたはファーガス家の当主なのですよ」

「ファーガス家だって…ッ!?」

そのとき不意にスコットが立ち上がった。

突然の大声に驚き、シャロンは肩をびくつかせる。スコットはこれまで黙って様子を見ていただけだったから、余計にびっくりしてしまった。

「と…、父さん…ッ、ファーガス家って……」

スコットは動揺した様子で父に顔を向ける。

父は眉を寄せ、スコットに座るよう促してからジェラルドに問いかけた。

「確か、ファーガス家といえば侯爵家の……」

「えぇ、そうです。ご存じとはありがたい」

「こう見えて、貴族の方々とは多少交流があるもので……。しかし、ラン――彼がその家の当主というのはどういったことでしょうか」

「おっしゃりたいことはわかります。この土地は、ファーガス家の領地ではありませんから……。ですが、ランスロットさまがここにおられる理由は私にもよくわからないのです。我々にとっても、ランスロットさまの失踪は突然だったもので……」

「あの、あなたは彼の……？」

「あぁこれは失礼しました。私はランスロットさまの側仕えなのです。専属の執事のようなものとご理解いただければよろしいかと」

「専属の執事……」

「ええ、ランスロットさまが十五歳のときからお仕えしていますので、かれこれ六年になります。何はともあれ、こうして無事なお姿を確かめることができて安心しました。これもすべて皆さまのご厚意のお陰です。本当にありがとうございました」

ジェラルドはそう言って頭を下げ、笑みを浮かべる。

なんと余裕のある表情だろう。

だが、シャロンは彼の話がなかなか呑み込めず、口も挟めずにいた。

侯爵家もファーガス家もシャロンにはよくわからない。

ジェラルドの話は、ランが違う世界の人だと突きつけるものでしかなかった。

だから理解するのを、自分の心が嫌がっているのだろう。頭に入ってきたのは『十五歳のときからお仕えしていますので、もう六年になります』という部分で、そこから計算してランは二十一歳なのかなどとぼんやり考えていた。

ところがそのとき、

「──わ…、悪いが帰ってくれないか……？」

ランが躊躇いがちに声を上げた。

「え…?」

　思いも寄らぬ一言に、皆の視線が彼に集まる。

　ランは唇を引き結び、その視線を振り切るように立ち上がった。

「俺は、君をまったく覚えていないんだ。勝手に話を進めないでくれ。見知らぬ相手に侯爵家の当主だと言われても、そう簡単に信じられるわけがないだろう……っ」

「し、しかし……ッ」

「やめてくれ、これ以上は聞きたくない！　俺は、ファーガス家などというものは知らない……っ！　だから俺は、ここに留まる……。彼女と…、シャロンと結婚するんだ。将来は、彼らの仕事を手伝っていきたいと思っている」

「ランスロットさま、なんということを……ッ!?」

「く…、来るな…ッ、二度と来ないでくれ……っ！」

「おっ、お待ちください！」

　ランはジェラルドを拒絶し、そのまま居間を出て行ってしまう。

　まさかそのような反応をされるとは思いもしなかったのだろう。ジェラルドは慌てた様子でランを追いかけていった。

　シャロンはそれを呆気に取られて見ていたが、ややあって父が席を立ったところでハッと我に返る。

「シャロン、我々も行こう。スコット、おまえまで何をぼんやりしてるんだ！　今は考えごとをしている場合じゃないだろう!?」

「は、はい…っ」

そうだ、早く追いかけなければいけない。

父に言われてシャロンは素早く立ち上がった。

しかし、スコットは父に叱責されてもなかなか動こうとしない。父が居間を出て行ったあとも、強ばった表情のまま立ち上がろうともしなかった。

「スコット兄さん？」

兄もランの素性に混乱しているのだろうか。

少し気になってその場に数秒ほど留まっていたところ、スコットが不意にシャロンを見上げた。

「シャロン……、もし本当にランがファーガス家の当主ならば……、ランは…、ファーガス家の当主は……」

「え？」

「……あ」

「なに？　スコット兄さん、ランのことを知ってるの？　ファーガス家の当主に何かあるの……？」

「……、……あ…、い…、いや……」

「でも…」

「……いや…、本当になんでもない。急にいろいろなことがわかって混乱したみたいだ。ともかく、俺たちも追いかけよう。ランなんて俺よりさらに混乱していたようだから心配だ」

「え…、えぇ…」

スコットは何かを言おうとしていた。けれど、問いかけた途端口を噤《つぐ》み、誤魔化すようにシャロンを促しながら先に居間を出てしまう。

今、兄は何を言いかけたのだろう。

気にはなったが、スコットの言うようにランはかなり混乱していた。今は悠長に話をしている場合ではない。聞くならあとにしようと頭を切り替え、シャロンは兄を追って廊下に出る。すると、玄関のほうへ向かうスコットの後ろ姿が見えたので、それを追いかけていくと、扉が開けっ放しになっていた。

「ランは外に出たということ……？」

「そうみたいだな」

言いながら外に出て、辺りを見回す。

外に出たところで、ランには土地勘がない。たとえこの敷地から出ても遠くへ行けないことは二週間前に証明済みだった。

「あ…、でも敷地からは出ていないみたい」

「どうしてそんなことがわかるんだ？」

「だって、ジェラルドさんが乗ってきた馬車は門の前に停まったままだわ。御者も眠たげに欠伸《あくび》しているし、こちらの状況にはまるで気づいていない感じよ」

「本当だ。シャロン、おまえ結構鋭いな」

シャロンの分析にスコットは納得した様子で頷く。

しかし、だとしたらランはどこへ行ったのだろう。

今の彼が頻繁に行く場所といえば作業場だが、家の前の道を挟んだ隣の敷地にあるので門を通る必要がある。そう考えると作業場ではなさそうだが、他に思いつくのはよく庭を散歩していたことくらいだ。

「あっ、物置小屋…ッ!?」

「そうか、なるほど」

そこまで考えたところで、シャロンは裏庭の一角にある物置小屋の存在を思い出す。

ランは約二か月もの間あそこで過ごしていたのだから、物置小屋に向かった可能性は充分にある。それにはスコットも大きく頷き、シャロンたちはそのまま裏庭のほうへと大急ぎで向かった。


「――では、つい二週間前までランスロットさまはここで過ごされていたと？」

それから程なくのことだ。

シャロンたちが物置小屋を目指して走っていると、徐々に話し声が聞こえてくる。近づくにつれてそれがジェラルドと父、それからランのものだとわかったが、何やら揉めている様子が伝わってきた。

「え、えぇ…。日中、家には娘が一人でいるので……」

「だからといってこんな……。まさか、こんなところでランスロットさまが二か月も過ごされていたなんて……っ」

「こんなところ…？　それはどういう意味だ!?」

「どういう意味と言われましても……、ランスロットさま、あなたはファーガス家の当主なのですよ？」

やはり揉めているみたいだ。

しかも、父が責められているように感じて、シャロンたちの駆ける足は速まる。息を切らして向かうと、物置小屋の前でランとジェラルドが言い争い、その傍らに立ち尽くす父の姿が見えてきた。

「ファーガス家？　当主？　それがなんだというんだ!?　俺はここに来たとき、身元不明の怪しい男でしかなかった。それなのに、彼らは食事と寝床を提供してくれた。怪我の手当てまでしてくれて、ここまで回復することができたんだ。別に不自由な生活を強いられていたわけではない。いわば、彼らは俺の命の恩人だ…ッ！　この家の人たちを侮辱《ぶじょく》するような発言は聞き捨てならない！」

「そ…、そんな……、侮辱するつもりは……。申し訳…ありません。私の理解が足りていなかったようです」

「とにかく、君は早くここから出て行ってくれ」

「ラ…、ランスロットさま……ッ」

「俺はそんな名の男は知らない」

「……っ」

こんなにも怒りをあらわにするランを見たのははじめてだ。

シャロンたちは息を弾ませ父の傍に駆け寄った。

父は一瞬こちらを見たが、すぐにランのほうに意識を戻し、硬い表情で唇を引き結ぶ。

ジェラルドに責められて、ランをこの場所に追いやったことを後悔しているのかもしれなかった。

シャロンは改めて物置小屋に目を移す。

この小屋は、建ててからまだ二年ほどしか経っておらず、それなりに新しい建物だ。

ランが来るまでは主に薪を置いておく場所として使っていただけで、もともとそれほど物がなく、それらを他の場所に移動させて人が生活できるようにするためにそれほどの手間はかからなかった。

用意したのは収納棚にベッド、テーブルや椅子などの家具。

それらはすべて父と兄が作ったもので、売りに出せるような品ばかりだ。服については、身長が近い兄のものを貸していたので、いつも同じものを着ていたわけではない。清潔に過ごせるように掃除も欠かさなかったし、美味しく食べてもらえるようにと、料理も心を込めて作ってきた。

けれど、ジェラルドからすれば、そうは思えないのだろう。

ランの怒りを買ったと知って慌てて謝罪するも、主人が酷い扱いを受けていたように感じるのか、その顔はどこか不満げだった。

「ランスロットさま、確かに今のは軽率な発言でした。お許しいただけるまで何度でも謝罪します。ですが…、このまま一人で屋敷に戻るわけにはいきません。私には、ここがあなたにふさわしい場所だとはどうしても思えないのです」

「なんだと？」

「どうか勘違いなさらないでください。今のは決して侮辱の意図はありません。あなたは侯爵家の当主なのです！　ご両親はとうに亡くなり、ご兄弟もおりません。あなたしかいないのです…ッ。たとえ記憶がなくとも、自覚いただかなければなりません！」

ジェラルドの言葉にランは目を見開く。

矢継ぎ早に言われた中に、彼を動揺させるものがあったことはすぐに伝わった。

——ランには家族がいない……。

その事実にシャロンは息を呑む。

待っている人がいない。表だって彼を捜す人もいない。

だから二か月以上も噂にならなかったと、そういうことだったのだろうか……。

「……では馬車を手配いたします。よろしいですね」

「いいわけないだろう…ッ。俺はそんなところへは行かない……！」

「どうかご理解ください」

ジェラルドはこのままランを連れ戻す気でいるのだ。

彼は動揺するランに耳を貸そうともしない。淡々とした様子で身を翻す姿に有無を言わさぬ強引さを感じた。

「ま、待ってください…っ！」

シャロンは堪らず声を上げた。

自分が口を挟める話ではないと思って黙っていたが、このままでは本当にランが連れ戻されてしまう。とても大人しくしていられる状況ではなくなり、シャロンは素早くランの傍に駆け寄った。

「お願いです。少し待ってください！　ランは自分が何者なのか、本当にわからないんです。突然たくさんのことを押しつけられても受け入れられるわけがありません！　彼の気持ちも考えてください。嫌がっているのに、無理やり連れ戻さないでください……っ。いきなり彼を連れて行かないでください……っ！」

「シャロン……」

シャロンは涙を浮かべ、ランの腕にしがみつく。

その行動に、父たちは目を丸くしていたが、黙ってなどいられない。

この腕を放した途端、きっと彼は自分の知らない世界に行ってしまう。

見えない恐怖に怯えながらも、シャロンは必死だった。

駄々を捏ねる子供のようだとわかっていたが、ランが嫌がっているなら、なおさら放すわけにはいかなかった。

すると、ランがシャロンの手を取り、強く握り締めてくる。

潤んだ瞳と目が合い、胸が摑まれたように苦しくなった。シャロンが手を握り返すと、彼は深く息をついてジェラルドに向き直った。

「俺は…、戻らない。ここで生きていく……」

「ランスロットさまッ!?　本気でそのようなことをおっしゃっているのですか!?」

「こんなこと、冗談では言えない。俺は、彼女を愛している……。ここで生きる以上の価値がその侯爵家とやらにあるとは思えない」

「なんということを……っ！」

再び拒絶され、ジェラルドは愕然としている。彼は困惑した様子でシャロンに目を移し、信じられないといった表情を浮かべていた。

それほど価値のある娘だろうか、とその目が語っているようだ。

他にふさわしい娘はたくさんいるだろうと思っているのかもしれない。

ジェラルドは品定めをするようにシャロンを見ると、眉間を指で押さえて盛大にため息をついた。

「いいえ、ランスロットさま……。少なくとも、ここで生きるよりは価値があると思います。あなたは然るべき家柄の令嬢と結婚し、後継者を残す義務があるのですから」

「俺は、シャロン以外の女性とは絶対に結婚しない！」

「それは許されないでしょう」

「なんだと…!?」

「……どうやら、本当におわかりにならないご様子……。確かに、今のあなたは普通の状態ではないようですね。私の知るランスロットさまともずいぶん違う。これは一流の医者を呼んで、早急に治してもらわねばなりません。そのためには、すぐにでも屋敷に戻っていただきませんと……」

ジェラルドは淡々と答え、まるで聞く耳を持たない。

温和そうに見えるが、実際は強硬な人なのかもしれない。

だとしても、仮にも主人であるランに対して少し口が過ぎるのではないか。ランの側仕えをしていたという話だが、ここまで言っても許される立場だったのだろうか。

難しいことはわからないが、ジェラルドに引き下がる気がないことは間違いない。

これ以上どう説得すればいいのだろう。シャロンは不安に駆られながらランの手を一層強く握り締めた。

その直後、

「いい加減にしろ、ジェラルド！　そのような暴言を、この俺がいつまでも許すと思うのか!?」

静かな裏庭に、突然怒声が響き渡った。

シャロンは驚いてびくっと肩を震わせ、咄嗟にランに目を向けた。

——今のって……。

強い怒りに染まった眼差し。

普段穏やかな彼から発せられた厳しい口調。

一瞬で空気が張り詰め、ジェラルドはハッとした様子で姿勢を正す。

まるでランが別人のように思えて、シャロンは不安を感じながらその横顔を見つめた。

「……う、……ぐ……ッ」

すると、ランはいきなり頭を抱え出し、苦悶の表情で大きくよろめく。

「ど、どうしたの？」

「……っ、……う…、……っく…ッ」

「ラン…ッ！　頭、痛いの!?」

「……う…ぅ……、な…、んでも…ない……」

額からは汗が噴き出し、見る間に顔は蒼白になっていく。

なんでもないわけがない。

これまでも頭痛で苦しむランの姿は何度か見たことがあったが、明らかにそれとは違う。そのうえ、まともに立つこともできないのか、彼はよろめきながらどんどんシャロンから離れていく。その先には物置小屋の壁があり、このままでは頭からぶつかりかねなかったが、ランはそんなことさえ気づいていないようだった。

「ラン…ッ、待って危ないわ……っ！」

シャロンは慌てて彼を追いかけ、ふらつく身体を支えようとした。

けれど女一人の力など、たかが知れている。シャロンには彼が頭から突っ込むのを阻止するのが精一杯で、ランは肩口を壁にぶつけてしまった。

「……ぐっ……う……」

彼は低い呻きを上げ、がくんとその場に膝をついた。

すると、頭を抱えた手から力が抜け、だらんと落ちていく。ランは一瞬だけ虚ろな目で空を見上げると、崩れ落ちるように地面に倒れ込んだ。

「きゃあっ!?　ラン…ッ、ラン……ッ!?」

ランはうつ伏せに倒れたきり、ぴくりとも動かない。

シャロンは全身から血の気が引いたようになり、無我夢中で彼の背を何度も擦った。

何がどうなってしまったのかはわからない。彼が動かないということが、ただただ恐ろしかった。

「お、おい…っ、どうしたんだよ……ッ!?」

それから程なくスコットが困惑した様子で駆け寄ってきた。

突然すぎてすぐには反応できなかったのだろう。シャロンが目に涙を溜めて首を横に振ると父も近づいてくる。父はスコットと協力してランを抱えると、ゆっくりと身体を上向かせた。

「しっかりしろ…ッ！　ラン、意識はあるかッ⁉」

「ラン…ッ、ラン……ッ！」

皆で声をかけるが返事はない。

固く閉ざされた瞼《まぶた》にも、反応がなかった。

シャロンは咄嗟に彼の口元に耳を寄せる。念のための確認だったが、微かな呼吸が感じられた。

「……、……う…」

ややあって、ランの唇が僅かに動く。

小さく声を発したようにも思えて、シャロンは身を乗り出して彼の顔を覗き込んだ。

「ラン……ッ」

「……、う…ぅ…ッ」

やはり気のせいではない。

瞼が震え、呻き声が聞こえた。

何度も彼の名を呼んでいると、やがて金色の睫毛が小さく震え出す。

程なくして瞼がゆっくりと開かれ、彼は虚ろな目でシャロンを見上げた。

「ラン…、ラン……ッ」

「……」

けれど、何かがおかしい。

これほど近くで呼ばれていても反応がない。

目が合っているはずなのに、その瞳は何も捉えていないようで、シャロンは蒼白になって彼を呼び続けた。

「…――、……シャロ…ン……?」

と、そのときだった。

青い目が大きく見開かれる。

ランの目に突然光が宿ったと思った瞬間、名を呼ばれた。

シャロンが涙で顔をいっぱいにしてこくこくと頷くと、彼はどこかぼんやりとした表情で「そうか…」と呟いた。

彼はゆっくり身を起こして額に手を当てる。

そのまましばし動かずにいたが、ふと思い出した様子で顔を上げた。

視線の先にはジェラルドがいたが、彼はランが倒れたというのに呆然と立ち尽くしていて、まったく反応できずにいたようだった。

「……ジェラルド」

「は、はい…」

「馬車の手配をしろ。屋敷に戻る」

「……っは、……しょ、承知しました……っ」

ランの指示にジェラルドは目を見開く。

しかし戸惑いはすぐに消え、彼は素早く身を翻して走り去った。

――どういうこと……？

シャロンは何がなんだかわからない。

ファーガス家の屋敷に戻るのをあんなに嫌がっていたのに、突然どうしてしまったのか。

なぜ急に考えが変わったのか、まったく理解できなかった。

「あ…っ!?」

ランは、そんなシャロンの手を摑んで引き寄せた。

勢いでその胸に飛び込む形となり、頬が胸板にぶつかる。

父も兄も見ているのにと慌てて離れようとしたが、間近で目が合った途端、思わず動きを止めた。いつもの彼とはどこか違うような気がしたからだ。

「シャロン…、君も一緒だ」

「……え」

「このまま一緒に連れて行く」

そう言うと、ランは静かに立ち上がった。

力強く握られた手。一緒に立ち上がって、その顔をじっと見上げた。

「いいな？」

「……、……え、…あの…」

その鋭い眼差しには微かな違和感がある。

けれど、どこがどう違うのかはわからない。

それは、『冷酷な侯爵』と噂に高いファーガス家の当主、ランスロットが記憶を取り戻した瞬間だったが、そのときのシャロンはまだ彼に何が起きたのかわかっておらず、このまま離れなくていいのだと思って、ただ流されるように頷いていた――。

第六章

広大な森の中に建つ白亜の屋敷。

バロック建築のその外観は細部にわたって丁寧な装飾が施され、まるで城と見紛うほどの絢爛《けんらん》さだ。

年頃の娘なら、一度は憧れたことがあるだろう。

さまざまな苦難の末、大きな城で王子と姫が幸せに結ばれる物語。

幼い頃にシャロンが絵本で見た王宮はまさにこんな場所で、自分が姫になったつもりでさまざまな想像を膨らませていた無邪気なときを思い出させた。

だが、それが現実となると話が違ってくる。

シャロンの現実は、もっとささやかなものだった。

父モーガンと兄のスコット。そこにランが加わった光景。

家族で朝食をとっていたときまではいつもと変わらぬ日常だったのに、ジェラルドがやってきたことですべてが変わってしまった。

どうして自分は今、こんな場所にいるのだろう。

シャロンにとっては、そこにあるすべてが現実味のない光景だった——。


「ファーガス家……、ラン…、……ランス…ロット……」

シャロンはアーチ状の窓から下弦の月を眺め、先ほどからぶつぶつと独り言を繰り返していた。

屋敷の周辺に広がる森からはフクロウの啼き声が聞こえる。

ファーガス家の白亜の屋敷。

夕方前にここに着いたときは使用人の姿もそこかしこで見かけたが、夜になった今は人の姿がほとんどない。耳をそばだてても人の声は聞こえず、異様なほどの静けさに包まれていた。

「ランスロット…、ランスロット……」

しかし、そんな静けさとは対照的に、シャロンの頭はずっと混乱し続けていた。

物置小屋でのやり取りから今に至るまでの出来事が目まぐるしすぎて、何時間経っても気持ちが追いつかない。

——まさか、あんなふうにランの記憶が戻るなんて思わなかった……。

窓ガラスに額をこつんとぶつけ、シャロンはじっと考え込む。

確かに、今思えば予兆はあった。

これまでも、彼が頭を抱えて呻く姿は何度か見ていたのだから、むしろ記憶が戻る可能性に気づくべきだったのだ。

もしかすると、考えないようにしていたのだろうか。

ずっとこのままでいたいという想いから、シャロンは知らず知らずのうちに目を背けていたのかもしれなかった。

――でも、どうしていきなり？　やっぱりジェラルドさんがきっかけになったということ……？

ジェラルドは長年ラン――ランスロットの側仕えをしてきた人だ。

以前の彼にとって近しい存在とも言える。

口論になって感情が高ぶったことも、大きな引き金になったのだろう。

それに、自分の身近な場所で過ごしていたなら、もっと早く記憶が戻っていたのかもしれないが、クラレンス家で過ごした日々はランスロットの生きてきた世界とは違いすぎて、記憶が戻るきっかけがなかったとも考えられる。ファーガス家の一室で過ごしている今の自分が、まさに違う世界に紛れ込んだ感覚であるからこそ思えることだった。

「……だって、これが私だなんて信じられない」

シャロンは窓に映った自分の姿にぽつりと呟く。

胸元が大きく開いたエンパイアドレス。

赤い宝石が散りばめられた首飾り。

耳の後ろでふんわりと纏められた髪には綺麗な花の飾りがつけられていて、まるで別人のような自分がそこにいた。

とはいえ、シャロンがここにいるのは自らの意志によるものだ。

はじめはランスロットについて行くことになんとなく同意したが、この屋敷に来るに至ったのは家族ともそれなりのやり取りがあってのことだった。

『――ラン、このままシャロンを連れて行きたいって、自分が何を言っているのかわかっているのか……？　シャロンもずいぶん簡単に頷いていたが、それがどういうことか理解できているのか？』

あれは、馬車を手配するように命じられ、ジェラルドがいなくなったあとのことだ。

父たちは、いつもと違うランスロットの雰囲気に、はじめは戸惑いを見せていた。

だが、ランスロットの記憶が戻り、そのうえでシャロンを連れて行きたいと父たちに申し出ると、真っ先に反応したのはスコットだった。

『もちろん、記憶が戻ったことは素直に祝福したい。こんなにいきなり戻るものだとは思わなかったから、少し…、いや、かなり驚いたが……。だが、それとこれとは話が別だ。ファーガス家といえば有名な大貴族じゃないか。そんな家の当主がシャロンを連れて行ったところでどうなるっていうんだ……？　貴族と一般庶民が結ばれた話なんて、俺は物語の中でしか知らない。……まさか、あ……、愛人なんかにするつもりじゃないだろうな？　そうだと言うなら、俺は断固反対する……っ！』

躊躇いがちではあったが、スコットからは反対の意思が伝わってきた。

けれど、兄がそんな心配をするのも無理はなかった。

かつてのクラレンス家のように、没落した貴族なら一般庶民との結婚もあり得なくはないが、ジェラルドの話を聞く限り、ランスロットはかなりの地位がある人だとわかる。

そういった人たちのほとんどは家のために結婚をするものだ。

生まれたときから結婚相手が決まっていることも珍しくない。

貴族のことにそれほど詳しくないシャロンでも、それくらいは知っていた。

だから、スコットの心配に動揺しかけたが、それに対してランスロットは心外だと言わんばかりに眉をひそめて思わぬ答えを返したのだ。

『愛人…？　俺は、シャロンにそういったことを求めているわけではありません。妻に迎えたいのです。そもそも俺には決まった相手がいないのですから、彼女を妻に望んだところで何一つ問題はないでしょう。確かに俺は侯爵家の当主ですが、言い換えればそれは、すべての権限が自分にあるということですから』

『……ッ!?』

父も兄も、それには目を丸くしていた。

こうも常識を覆した反論が返ってくるとは思わなかったのだろう。

まさか、そんなことが可能なのか……？

しかし、にわかに信じがたい話と思いつつも、あまりに堂々としているものだから、次第によくわからなくなってくる。

顔を見合わせていると、ランスロットはさらに続けた。

『まぁ…、考えてみれば、すぐに答えを出せというのも無茶な話かもしれません。では、何日か考えたうえで答えを出していただく、それでいかがでしょう？　俺はこれ以上屋敷を留守にするわけにはいかないのでここに留まることはできませんが、決して彼女を悪いようにはしないと、それだけは約束しておきます』

そのときの彼は、驚くほど余裕に満ちた表情をしていた。

それで、父たちの疑念がさらにぐらついたのは言うまでもない。

ここまで言えるということは、彼にはしっかりとした考えがあるのではないか。

そうでなければ、堂々と『妻として迎えたい』などと言えるわけがない。

思い思いに考えを巡らせているうちにジェラルドが戻ってきた。馬車の手配をした旨を伝えられると、ランスロットはそれ以上何も言わずにその場を去ろうとした。

ところが――、

『ま…ッ、待って……っ！　わ…、私も行く……っ！　連れて行って……ッ！』

シャロンは咄嗟に彼を追いかけ、気づいたときにはその手を摑んでいた。

彼は別にシャロンを無理やり連れて行こうとしていたわけではない。

家族三人で話し合う時間をくれるというのだから、大人しくそうすればいいと思うのだが、シャロンはそれができなかった。

ただ、このまま彼を一人で行かせてはいけないと……。

遠ざかる背中を見ているうちに、ランスロットがはじめて来たときのボロボロの姿が強烈に頭を過って、衝動的に彼の手を掴んでいたのだ。

当然、その場にいた誰もが驚いていた。

けれど、シャロンは引き下がらなかった。

彼の怪我はまだ完全に治ったわけではない、自分が一番近くで見てきたのだから中途半端なことはしたくない、家族で話し合ったところでこうすることに変わりはないなどと泣きじゃくり、彼の腕にしがみついて離れようとしなかったのだ。

たぶん、あのときの自分は怖かったのだろう。

離れている間に、彼の身に何かあったらと思うと恐ろしかった。

だから漠然《ばくぜん》とした不安に囚われて、皆の前で幼い子供のように恥も外聞もなく泣いてしまった。

父は、そんな娘をどんな想いで見ていたのか……。

その目には涙が滲んで微かに唇が震えていた。

手は拳《こぶし》を握り、必死で感情を抑え込んでいるようにも見えた。

『……そうか。なら…、彼の助けになってあげなさい……』

あんなにも父が簡単に頷いてくれたのはどうしてだったのか。

考えてみると、これまで父はシャロンが強く望んだことにはただの一度も反対したことがなかった。

もちろん、それが答えかどうかはわからない。父もランスロットが心配だったということも考えられるが、いずれにせよ、その一言でシャロンがファーガス家の屋敷についていくことが許されたのは紛れもない事実だった。

スコットは、ずっと何か言いたそうにしていた。

それでも、もう反対はしなかった。

父が賛成しているのだから、これ以上自分が意見すべきではないと思ったのかもしれない。

代わりに最後までシャロンを心配し、『何かあったらいつでも帰ってくるんだぞ』と言って、馬車が走り出したときは引き留めるように追いかけて来ていた。

思い返すと涙が込み上げそうになる。

大好きな家族。あっという間の別れだった。

いざ来てみると場違いな雰囲気に戸惑ってばかりだが、自らの意志でここに来たことだけは間違いなかった。

——コン、コン。

「……ッ」

不意にノックの音が部屋に響く。

ぼんやりとしていたからか、静かな部屋に響く音がやけに大きく感じられた。

「は、はい…っ」

「失礼いたします」

小さく返事をするとすぐに扉が開き、年若い女性が顔を覗かせた。

「シャロンさま、ご機嫌はいかがですか？」

「あ…、フランチェスカさん」

親切そうなにこやかな笑顔。

彼女とはこれが初対面ではない。シャロンが屋敷に着いてすぐにこの部屋に通され、一人落ち着かずに過ごしていたときに挨拶に来てくれた侍女だからだ。

彼女の名はフランチェスカ。これからシャロンの身の回りの世話をしてくれるそうで、このドレスの着付けや髪を結ってくれたのも彼女だった。

「えっと…、ご…、ご機嫌というのは……？」

「ええ、お疲れではないですか？」

「あぁっ！　ええ、大丈夫です」

「慣れない場所は疲れるものですから、ご無理はなさらないでくださいね。何かございましたら、なんでもおっしゃってください」

「は、はい。ありがとうございます。わざわざそれを言いに来てくれたんですか？」

「ええ、それと、そろそろ夜も更けてきましたので夜着をお持ちしたのです。お手伝いいたしますね」

「あ…、あの…、それくらい自分一人で……」

「まぁ、それはいけませんわ。ささ、早く着替えてしまいましょう」

「……は…い」

フランチェスカはにこやかな笑みを崩さず、シャロンの横に立った。

けれど、人に何かをしてもらうことに慣れていないシャロンは、すんなり身を預けることができない。彼女の口調も丁寧すぎて、それに合わせた返答を考えるだけで精一杯だった。

――親切な人だし、仲良くできたらとは思うけど……。

ドレスのボタンを外しながら、てきぱきと脱がしていくフランチェスカの手をシャロンはじっと見つめた。

柔らかそうな白い手。

肌もきめ細かくて傷一つない。

彼女はシャロンより二つ上の十九歳だという話だが、髪型や服装、ちょっとした仕草など、どこをとっても非の打ち所がない。深窓の令嬢といった雰囲気にも気圧されてしまい、シャロンは己の手を隠すように重ね合わせた。

――貴族の屋敷で働く人たちは、皆こんなに綺麗なの……？

そういえば、夕食に呼ばれて食堂に行ったときにたくさんの使用人を見かけたが、皆落ち着いた雰囲気で、汚れた恰好をしている者は一人もいなかった。

なんだか、いろいろしてもらうのが申し訳ないくらいだ。

シャロンは密かにため息をつく。

ドレスはともかく、夜着のために誰かの手を借りる必要があるのだろうか。

だとしても、これが彼女の仕事なのだと思うと無下に断ることはできない。おまけにフランチェスカはシャロンのことをどこかの貴族の令嬢だと教えられたようで、下手な応対ができなかった。

おそらく、混乱を避けるために使用人にはそう説明しているのだろう。

フランチェスカは、ランスロットが不在だった二か月半についても旅行に行っていたと聞いていたらしく、彼が怪我をして記憶を失っていたことも、シャロンがずっと世話していたこともまったく知らされていないようだった。

「シャロンさまには、明るい色がよく合いますね。この赤いドレスも、とてもお似合いでしたわ。ランスロットさまも、夕食の間はずっと目を細めてシャロンさまを見つめていらっしゃいましたもの」

「そう…でしたか？」

「ええ、いつになくご機嫌なご様子で、お酒も進んでいらっしゃったようですし」

「……そうなんですね」

シャロンは小さく頷きつつも、首を傾げる。

つい三十分ほど前まで、シャロンは広い食堂で彼と二人だけで夕食をとっていた。

食事の作法がわからず、たくさんのフォークやスプーンが並んでいるのを見て固まっているシャロンを見かねて、ランスロットがさり気なくあれこれ教えてくれたことは覚えている。

けれど、いつものようなたわいない会話はほとんどしていない。

彼はクラレンス家にいたときのほうがよく笑っていたし、美味しそうに食事をしていたから、あれが上機嫌だと言われることには違和感があった。

——コン、コン。

夜着に着替えて間もなくのこと。

ノックの音に返事をしようとすると、その前に扉が開いてジェラルドが姿を見せた。

シャロンは一瞬顔を強ばらせたが、彼はこちらを見もしない。ジェラルドが廊下を向いて促すような仕草をすると、ランスロットが部屋に入ってきた。

「……この部屋か。執務室から少し遠いな」

「静かな場所のほうがよろしいのではと」

「まぁいい。今日はもう休む。おまえはもう下がっていい」

「承知しました。……その前に一つだけよろしいですか？」

「なんだ」

「シャロンさまに専属の侍女をお付けすることにしましたので、その了承をランスロットさまにいただきたく……」

そう言うと、ジェラルドはこちらに近づき、フランチェスカの隣で止まった。

「彼女はフランチェスカと言います。とても気の利く娘ですし、シャロンさまとも歳が近いので話し相手になれるかと思います。……さぁ、ランスロットさまにご挨拶を」

「は、はい…ッ、精一杯務めさせていただきますので、どうぞよろしくお願いいたします……っ！」

ジェラルドに促され、フランチェスカは深々と頭を下げる。

挨拶するだけだというのに、彼女はとても緊張しているようだ。シャロンは先ほどまでとはまったく違うフランチェスカの様子を不思議に思いながら見つめていた。

「……わかった」

ややあって、ランスロットはそれだけ答える。

その口調は素っ気なく、まるで興味がなさそうだ。

ランスロットはシャロンの傍までやってくると、当たり前のように腰を抱き寄せ、ジェラルドをちらりと流し見た。

「もういい。下がれ」

まるで『邪魔だ』と言わんばかりの口調に、シャロンは顔を引きつらせる。

見ればジェラルドもフランチェスカも顔を強ばらせていて、なんとも言えない表情をしていた。

しかし、ジェラルドは気を取り直した様子で咳払いをすると、静かに頭を下げる。

「では、お休みなさいませ。……フランチェスカ、おまえも挨拶しなさい」

「……あ、……お、お休みなさい……ませ……っ」

再び促されてフランチェスカは慌てて頭を下げた。

それからすぐに二人とも部屋を去ったが、扉が閉まると途端に辺りが静かに感じる。

ぼんやりしていると腰を抱く手に力が入ったのがわかり、シャロンはドキッとしながらランスロットの横顔を見上げた。

「あ…、あの……っ」

「どうした？」

「何か、嫌なことがあったの？」

「……なぜ？」

「少し…、怒っているように見えるから……。もしかして、私のことでジェラルドさんにいろいろ言われたの？」

「ジェラルドに？」

シャロンの言葉に、彼は眉根を寄せて黙り込む。

やっぱり顔が少し怖い。

きっと、ここに来るまでに小言をたくさん言われたのだ。

クラレンス家でのやり取りからして、ジェラルドが自分たちの関係をよく思っていないのは間違いない。

ランスロットがシャロンを連れて行くと言い出したときも、それは大変な驚きようだったのだ。

にもかかわらず、ランスロットは何一つ話を聞かずにシャロンを連れ帰ってしまった。

だからシャロンの素性を偽って皆に伝えているのも、ジェラルドによるものだということは想像できる。それが周りの混乱を避けるためなのは理解できるので今は大人しくしていようと思うが、後ろめたいことは何もしていないのにと腑に落ちない気持ちがないわけではなかった。

「ジェラルドには、特に何も言われていないが」

「でも…っ」

「彼は俺が一旦決めたことには黙って従う。ときどきは口を挟むことがあるが、基本的に反論はしない」

「そ…、そうなの……？」

「あぁ、それより俺の顔はそんなに怖いか？　いつもと同じつもりでいたが、そんなことを言われるとは思わなかった」

そう言うと、彼は眉を寄せて自分の顔に手を当てる。

心外だと言わんばかりのその表情は、何かを偽っているようには見えない。

——嫌なことがあったわけではないならいいのだけど……。

シャロンはほっと胸を撫で下ろしながらも、観察するような目で彼を見てしまう。

心なしか、眼差しに鋭さを感じるからなのか……。

それとも、話をしていても唇が柔らかな弧を描くことがないからか、やはり彼の顔はいつもより少し怖い気がした。

「シャロン？」

「あ…、ううん。私の勘違いね。変なことを言ってごめんなさい」

だが、人の顔を怖いなどと言うものではない。

きっと久しぶりに自分の家に戻って、いろいろ忙しかったのだろう。ランスロットはここに戻ってからほとんどの時間を執務室という部屋に籠もっていたようで、シャロンも夕食以外は彼と会うことができなかった。

「……シャロン、これからはずっと一緒だ」

「……あっ」

彼は不意にシャロンの耳元で囁く。

ぞくっとするような低音の甘い囁き。

シャロンは肩をびくつかせ、思わず小さな声を上げる。

その様子に目を細めると、ランスロットは柔らかな耳たぶを甘噛みしながらシャロンを抱き上げた。

「あ…、ん…ッ、……ちょ…、ちょっと待って…、もう少し話を……」

「話なら、あとでいくらでもできる。今は君と抱き合う以上に大事なことなど何もない」

「……ン、……で、でも……っ」

ここに来てから、自分たちはまだ数えるほどしか話をしていない。

聞きたいことも、確かめたいこともたくさんあった。

けれどランスロットは、シャロンがいきなり抱かれることに戸惑っている間も首筋に唇を這わせていて、話をするつもりなどまったくなさそうだ。

やがて彼はシャロンを横抱きにして奥の扉に向かう。

一人で暇だったから、部屋の中はとうに探索済みだった。その先が寝室だと気づき、シャロンは心臓が跳ねるのを感じて彼のシャツを強く摑んだ。

「これからは誰に気兼ねすることなく、好きなだけ君を抱ける」

「……っは…」

低く囁き、ランスロットは扉を開ける。

ぞくぞくと背筋が震え、皺になるほどシャツを強く摑んだ。

程なくしてベッドに横たえられ、同時にのしかかる彼を見上げた。

獣のような鋭い眼差しと視線がぶつかり、シャロンの心臓はさらに速くなる。

なぜだか目の前にいる彼が自分の知っている『ラン』とは違う気がして、緊張のあまり手が汗で湿っていた。

「ラン…、……ラ…、ランス…ロット……」

「……言いづらいか？」

「そ…、それはだって……」

「なら、今までどおりでいい」

「いい…の？」

「構わない。一人くらい、そんなふうに呼ぶ相手がいてもいい」

そう答えると、彼は皮肉な笑みを浮かべた。

シャロンはその表情を食い入るように見つめる。

彼は、今までこんなふうに笑ったことがあっただろうか……。

自分の知っている彼とは、やはり何かが違う。

気のせいにも思えるし、まったく違う気もした。少なくとも、シャロンの知る彼の笑顔はいつだって澄み渡る空のように明るかった。

「なんだ？」

「う…、ううん。……あ、あの……、一つ聞きたいことが……」

「……あとではだめなのか？」

「一つだけだから……っ。ずっと気になっていたことなの。どうしてランはあんな酷い怪我をしたのかと、それだけは知りたくて……」

「怪我……？」

「そう、怪我のこと」

シャロンはこくこくと頷く。

少しでも話をして、彼のことをもっと確かめておきたい。

そんな気持ちもあって咄嗟にそう尋ねたが、よくよく考えてみると、これは何よりも優先すべき質問だった。

いくら現実離れした環境に戸惑っていたとはいえ、さすがにぼんやりしすぎた。

屋敷に向かう馬車の中でも聞くことはできたはずなのに、あのときはすっかり舞い上がってしまっていた。

「……怪我……」

だが、ランスロットはなかなか答えようとしない。

同じ言葉を反芻するだけで、眉根を寄せて考え込んでいた。

「どうしたの……？」

何を考えることがあるというのだろう。

記憶が戻ったなら答えられるはずだ。

彼が頭を抱え、呻きながら倒れたときのことは強烈に覚えている。

それでジェラルドのことや、自分がこの大きな屋敷の主人だということも思い出したはずだ。少なくともシャロンはそう理解していた。

「……岬《みさき》……」

「岬？」

「あ…、あぁ……、屋敷の裏手に岬があるんだ。ときどき、気晴らしに出向くことがある。ほんの数分、海を眺める程度だが」

「そ、それで……？」

「たぶん…、そこで足を滑らせて落ちたんだろう。他に思いつかない」

「えっ⁉」

思いも寄らぬ答えに、シャロンは声を呑んだ。

──まさか、覚えていない……？

ならば、ランスロットはすべてを思い出したわけではないということになる。

それも怪我をするに至った肝心の部分をだ。

「そ…、そこには一人で……？」

「……大抵は」

震える声で問いかけるが、彼は曖昧に頷くだけだ。

シャロンはごくっと唾を飲み込む。

なんだか、漠然とした不安を感じた。

足を滑らせただけというのが本当ならそれで構わない。

しかし、海を眺めるにしても、そんなにギリギリの場所に立つものだろうか。少し想像力を働かせれば、それが危険な行為だということくらいは考えつくはずだ。

「話は、ここまでにしよう」

「あ…っ、ま…、待って……、もう少し話を……っ」

「だめだ。もう待てない」

「んんっ」

簡単に流していい問題だとは思えないのに、唇を塞がれて言葉にならない。

性急な仕草でネグリジェの裾を捲られると、太股からお尻にかけてを弄られた。その手の熱さに身体をびくつかせた途端、反対の手で乳房を鷲掴みにされてシャロンは思わず甲高い喘ぎを上げてしまった。

「あぁ…ッ」

それなのに、胸の奥には不安が広がっていく。

――だって岬にいたのが、ランだけとは限らないもの……。

そこまで考え、背筋にぞわっと鳥肌が立つのを感じた。

とても恐ろしい考えが頭を過り、シャロンは彼の胸に強くしがみつく。

考えすぎだと思っても止まらない。

彼はこの屋敷に戻ってきても、よかったのだろうか。

わざわざ危険を冒しに戻ってきたということになっていないだろうか。

後頭部からの出血。肩甲骨の打撲の痕。

あの怪我を見たとき、シャロンたちは誰かに負わされたものだと思ったのだ。

だからこそ、おかしなことに巻き込まれかねないと懸念し、彼を物置小屋へ移したという経緯もあった。

「シャロン…、考えごとか？　ずいぶん余裕だな」

「あ…、ン、んぅ……」

余裕なんてない。

そんなものあるわけがない。

なのに、身体は異様なほど熱くなっている。それを不思議に思いながら、シャロンは何げなく下を見て目を丸くした。

「ん…、っは…、あ……っ」

いつの間にか、大きく捲られたネグリジェ。

あらわになった乳房は、器用に動く彼の舌でいたぶられて頂が硬く尖っていた。

さらに下を見れば、ドロワーズまで脱がされていて、彼の指がシャロンの中心を擦り上げるたびに耳に付く淫らな音が響いていたのだ。

「ココは…、いつもより熱いな」

「あ…、そんな……、あ、あぁ、ぁあ……ッ」

ランスロットは唇を歪《ゆが》めると、一気に指を三本も入れてきた。

すぐに中がいっぱいになり、シャロンは喘ぎながら背を反らす。

しかし、苦しいと思ったのは一瞬だけで、内壁を擦られると身体が反応して無意識に彼の指を締め付けてしまう。指を出し入れされるたびに蜜が溢れ、先ほどよりもいやらしい水音が響くまでそう時間はかからなかった。

——考えなければいけないこと……、たくさんあるのに……。

シャロンは肩で息をしながら、快感に弱い自分を恥ずかしく思った。

もっといろいろ話をしたいのに、一度でも身体に火がつくと、すぐに何もわからなくなる。はじめて彼に抱かれたあとも密かに肌を合わせることは何度かあったが、どんどん快感に弱くなっているのは自分でもわかっていた。

羞恥で身を捩《よじ》るが、指の動きに合わせてゆらゆらと腰を揺らすのを止められない。

乳首を甘噛みされるとお腹の奥がきゅうっと切なくなって、彼の首に抱きついてその唇に乳房を押しつけてしまう。

「シャロンの身体は、とても正直だな……。何をしてほしいのか、すぐにわかる。指が締め付けられて気持ちがいい……」

「んぅ、あっ、ああっ、ああっ！」

淫らな囁きで頭の芯が蕩かされていく。

耳を塞ぎたくなるような恥ずかしい言葉をこんなにたくさん言われたのははじめてだったからか、いつも以上に身体が熱い。

シャロンはねだるように甘い声を上げ、さらに彼の指を締め付けた。

感じる部分をわざと外して奥を擦られているのが、狂おしいほどもどかしい。

意地悪をしないでほしいと、自ら腰を押しつけるのを我慢できなかった。

「やっ、やあ…っ、いやっ、ひどい…っ、あっああ」

「ひどい…？」

「ソコ…、ちが…う……っ、知ってるくせに……ッ、ひっん、あっあっ、あ…ぅ…ッ」

「……あぁ…。そうだな……。俺は、この感触を知っている……。不思議だ……」

「あっあ…、な…に…？」

確かめるような指の動き。

シャロンは息を乱しながら、彼を見上げる。

ランスロットは、どこかぼんやりした様子でシャロンを見つめ返し、ゆっくりと瞬きを繰り返していた。

「……ンッ」

シャロンが首を傾げると、彼は無言で指を引き抜く。

蜜に塗れた己の右手を見つめながら反対の手でシャツを脱ぎ、徐々に均整の取れた上半身があらわになると、彼はそのまま下衣をはだけさせた。

「よくわからないが…、今ほど君を鮮明に感じたことはなかった気がする」

「どういう……」

「なぜだか気が急く。酷くしてしまいそうだ」

「あ…ッ!?　あぁ、あ、あ……」

問いかけようとしたが、その前に両足首を掴まれて開脚させられた。間髪を容れずに熱を持った怒張がシャロンの中心に押し当てられ、その先端で秘芯を擦られる。

そうすると、互いの分泌した蜜が淫猥な音を響かせ、さらなる羞恥を煽られた。

彼が何を言っているのかはよくわからなかったが、酷く興奮していることだけははっきり伝わった。

そのまま何度か中心を擦っただけで熱い先端は濡れそぼった入口を押し開き、蠢く内壁を強引に進んでいく。

あまりの熱量に息を詰めていると、彼はシャロンの脚を己の肩にかけさせる。すでに先端は中程まで押し進んでいたが、体重を乗せるようにのしかかられ、あっという間に最奥まで貫かれてしまった。

「ひ、あぁあ――……ッ」

「……う……、っく、シャロ…ン……ッ！」

「あ…ッ、ああ…っ、ひっん、あっあぁ……ッ」

間を置かず激しい抽送がはじまり、シャロンは堪らず身を捩る。

だが、打ち付けられる楔から逃れる術はない。

ランスロットは互いの隙間を埋めるように奥を突いてくる。苦しくてもがこうとしたが、両手をベッドに縫い付けられてしまい、僅かな自由も与えてくれなかった。

「あっあっ、ンッ、んぅ…ッ、あっあっ」

こんなに激しくされたら壊れてしまう。

同じ場所ばかりを突かれたらおかしくなってしまう。

指で愛撫していたときとは違って、彼はシャロンが感じる場所ばかりを擦ってくる。

だから、苦しいはずなのに蜜はますます溢れ出してしまう。肌がぶつかるたびに平常心では聞いていられないほどのいやらしい水音が響いていた。

「シャロン…。もっと…、声を聞かせてくれ……」

「ひぁあっ、ああっ、ああっあっ」

「すべて…、俺のものにしたい……っ」

「あぁあーッ、あぁっ、ああっ、あっああ……っ！」

ランスロットは獰猛な眼差しで激しく腰を打ち付ける。

青い瞳は淫らに濡れて、形のいい唇からはうわごとのように睦言が繰り返されていた。

いつも優しかった彼の変貌に動揺したが、もはやまともに思考ができない。身体はすっかり彼の熱に侵されていて、それがじわじわと全身を蝕《むしば》んでいた。

「んんぅ、んっ、んー…ッ、っは、ん、んん……ッ」

かぶりつくように唇を塞がれ、今度は蛇のように舌が絡みつく。

息ができなくて顔を背けようとしたが、すぐに塞がれて一層きつく搦め捕られた。

口の中も、お腹の中も彼でいっぱいになり、快感に溺れていく自分を止めることもでき

ない。

目の前がチカチカして白んでいく。

急激にお腹の奥が切なくなって、行き交う熱を強く締め付けた。

「——……ッ」

苦しげに喘ぐ吐息。

額から流れる汗。

抽送のたびに隆起する胸筋。

彼はこんなに色っぽかったのかと、やけに大人の男性に見えて胸が高鳴った。

「んんっ、んっんっ」

シャロンは自ら舌を差し出し、彼の舌と絡め合わせた。

身体が熱い。どんどん混ざり合い、融け合っていく。

もうどちらのものか区別がつかなくなり、息をするのも忘れて激しく貪り合った。

そのうちに内壁が収縮しはじめる。絶頂の予感に打ち震えて、シャロンは無意識のうちに腰を揺らしていた。

ランスロットは低く呻いてシャロンを掻き抱く。

そのまま小刻みに身体を揺さぶられ、シャロンは喉をひくつかせると、内股をぶるぶると震わせて彼の首に抱きついた。他のことなどもう何も考えられず、襲いかかる波に逆らうことなく絶頂に導かれていた。

「あぁあ――……ッ！」

「――……っく……ぅ……ッ」

耳元で切ない喘ぎが響く。

内壁を行き交う逞しい熱にただただ翻弄《ほんろう》されていた。

やがて、それが奥で弾けてシャロンを濡らしていく。

中心を打ち付けられるのと同じ動きで、繰り返し唇が重ねられた。

徐々にそれがゆっくりとした動きになって、完全に止まるとランスロットは深く息をつく。その熱い吐息を感じるだけで、自分たちがほとんど同時に達したことがシャロンにも伝わるほどだった。

「……ぁ…、……う……」

唇に熱い息がかかって、シャロンは小さく喘ぐ。

彼はくすりと笑うと、軽い口づけを落とす。

甘えるように逞しい胸板に頬を寄せると、きつく抱き締められた。

――なんだか、不思議な感じ……。

抱き締める腕の強さも、肌を合わせる激しさもいつもとは違う。

彼のようで彼でない、不思議な感覚だった。

「なんだか、はじめて君を抱いた気分だ……」

「え…？」

掠れた呟きに顔を上げると、彼は繋げた身体を離して横になった。

同じことを考えていたのかと思って、シャロンはランスロットの横顔をじっと見つめる。

こうして見ると、これまでとの違いは特に感じない。

シャロンは自分の知る『ラン』を捜すように、それきり口を閉ざした彼を黙って見つめ続けた。

『——もし記憶が戻ったら、今の俺はどこに行くんだろう』

ふと、はじめて抱かれたときに聞いた彼の言葉が頭を過った。

どうして今、その言葉を思い出すのだろう。

彼はここにいる。

違いは感じるが、別人になったわけではない。

記憶を取り戻すとは、こういうことなのだろうと理解するしかなかった。

——だけど、ランはすべての記憶を取り戻したわけじゃない……。

先ほどはすっかり流されてしまったけれど、どうやらランスロットは怪我をした経緯を覚えていない。

彼は自分の身が危険だとは感じていないのだろうか。

もしそうだとするなら、かなり危うい気がした。

自分に何ができるのかはわからないが、ついてきてよかったのかもしれない。

そう思いながら、シャロンは食い入るように彼の顔を見つめた。

するとランスロットは気だるげにシャロンに目を移し、口角を引き上げ意地悪に笑った。

「なんだ、足りないのか？」

「え…っ!?　ち…っ、違うわ……ッ」

「なら、そんなふうに見つめるな。勘違いする」

「……ッ!?」

シャロンは真っ赤になって顔を背けた。

こんなこと、前は言わなかった。やっぱり彼は変わった。だいたい、あんなに激しい行為を何度もできるわけがないと赤面するが、途端に部屋が静かになったのが気になってすぐにランスロットに目を戻す。

彼は、なんだかぼんやりしていた。

視線は窓のほうを向いていたが、特に何かを見ているわけでもなさそうだった。

「ね…、ねぇ、背中の痛みはもう平気？　お薬もらってくる？」

「……いや、いらない」

「でも…」

「君はもうそんなことをしなくていい」

「……そ、……そう……」

シャロンはしゅんとなって、口を閉ざした。

ならば、自分には何ができるというのだろう。

この場所で何をすべきなのだろう。

——貴族の令嬢のふりをがんばるとか……？

単なる家具職人の娘に過ぎない自分では、すぐにボロが出てしまいそうだ。

そもそも、家柄がそんなに大事なら本物の貴族の令嬢を選べばいいわけで、シャロンである必要はどこにもない。だとしたら、ランスロットは何を求めて自分と結婚しようというのだろう。

——ところで、私たちって本当に結婚できるのかしら……？

そこまで考えて、シャロンは自分の考えに苦笑する。

今日ここに来たばかりで考えるには、さすがに気が早すぎる問題だった。

おまけに思考が後ろ向きすぎて、ちっとも自分らしくない。

こんなことではいけない。きっと彼にはいい考えがあるのだろうと思い直し、シャロンはランスロットの横顔を見つめ続けた——。

第七章

「――怪我のほうは、もう問題ないでしょう」

昼下がりの執務室。

その日もランスロットは、窓から降り注ぐ光を背に受けながら、肩に受けた傷を医者に診てもらっていた。

「ただ、記憶の混乱はまだ多少見られるようですので、そちらは今後も経過を診ていくということで……。とはいえ、生活に支障はないようですから、普段どおりに過ごされるのが一番の治療になるでしょう」

「そうか」

「それでは、また何かございましたらいつでもお呼びください」

医者は穏やかに笑うと、頭を下げて執務室を出て行く。

それからすぐに扉が閉まり、もともと静かだった室内は一層の静寂に包まれる。

ランスロットは脱いだシャツを羽織ってボタンを留めると、ソファに深く凭れて天井を見上げた。

記憶が戻ってから、そろそろ一週間。

若干思い出せない部分はあるが、今のところは特に問題はない。

頭痛が起こることもなく、肩の傷も完治した。これで当面はジェラルドが見つけてきた『名医』とやらを呼ぶ必要もなくなった。

「……名医ね」

ランスロットはため息交じりに呟く。

名医などと持て囃《はや》されていても、所詮はあの程度だ。

これではシャロンたちが呼んだ町医者と、言っていることはほとんど変わらない。普段どおりに過ごせと言うだけでいいなら誰でも名医になれそうだった。

自分の中に欠けた部分があるというのは、それなりにもどかしいものだ。

生活に支障はないとはいえ、僅かな苛立ちが少しずつ募っていく。

シャロンに言われるまで気づきもしなかったが、ランスロットは怪我をしたときの記憶が戻っていなかった。

音のない夢。

頻繁に出てきた広い海。

さまざまな人と口論する自分。

あれが何を意味するのかは、いまだにわからない。

そして、一度だけ頭に浮かんだ年配の男とのやり取りについても、ランスロットはまったく思い出せていない。

あのときはなぜか会話まではっきりと頭に響いたが、それがいつのものであるかがわからない。そもそも、男に会った覚えがないのだ。

よりによって、夢で見ていた部分と一度だけ頭に浮かんだ光景だけが思い出せない。

この二つに関連があるかは定かではないが、あの会話の流れからして男に逆恨みされている可能性はある。もしも自分の怪我が第三者によるものだとすれば、あの年配の男に海に突き落とされたというのもあり得ない話ではなかった。

——コン、コン。

そのとき、ノックの音が響く。

返事はしなかったが、ややあって扉が開き、ジェラルドが入ってきた。

「ランスロットさま、そこで医者とすれ違いましたが」

「あぁ、今日で終わりだ」

「では怪我のほうは」

「問題ない」

「それは喜ばしいことです」

「……」

ランスロットはむっつりと黙り込み、執務机に向かう。革張りの椅子に腰かけると、ジェラルドは扉を閉めてこちらにやってきた。

「記憶を失うというのは、滅多にあることではありません。症例が少ないこともあって、明確な治療法がないのでしょう」

「そのようだな」

「それに、人によってずいぶん違いがあるようです。記憶が戻った瞬間、失っていた間のことを綺麗さっぱり忘れてしまうこともあれば、ランスロットさまのように覚えている場合もある。一気にすべてを思い出すこともあれば、段階的に思い出すこともある。かと思えば、一生思い出せないケースもあったりと実にさまざまなようです。ですから、普段どおりに過ごすのが最良の治療であることは間違いないのでしょう。ふとしたことで思い出すと言うなら、慣れ親しんだ場所のほうがきっかけは多いでしょうから」

「なんだ、ずいぶん詳しいじゃないか。ジェラルド、おまえのほうがよほど名医になれそうだ」

「私なりに調べてみただけですよ」

「へぇ、おまえがそんなに主人想いだったとは知らなかった」

「あなたに仕えて六年が経つのですよ。主人の身を案じるのは当然でしょう」

「……もうそんなに経ったのか。互いにずいぶん老けたな」

ランスロットは僅かに驚き、改めてジェラルドを見た。

「老けたって…、あなたはまだ二十一歳でしょう。そんなことを言ったら、ランスロットさまより四歳も上の私など、老いぼれになってしまうではありませんか」

「四歳…、ということは、ここに来たときのおまえは十九歳の若造だったのか。あの頃のおまえは何もできなくて本当に使えなかった」

「……そのとおりとはいえ、容赦ないですね」

遠慮のないランスロットの返しに、ジェラルドは若干むっとしている。

だが、その様子を鼻で笑い、言い返そうとした直後、ランスロットはふと軽い目眩を覚えた。

「……う……」

「どうかなさいましたか？」

「いや……、なんでもない……」

少し頭が混乱しているのだろうか。

突然脳裏に海が浮かんで、それが一瞬で消え去った。

そのうえ妙な既視感を覚えて頭がぐらつく。ランスロットは目頭を押さえたあと、平静を装って窓のほうに目を向けた。

「ところでランスロットさま」

「なんだ」

「シャロンさまのことは、どうなさるおつもりですか？」

「どうとは？」

「しつこいようですが、私は彼女がランスロットさまにふさわしい女性だとは到底思えないのです。庶民の娘を物珍しく思う気持ちはわかりますが、これでは周りに示しがつきません。あなたほどの方なら、弄《もてあそ》ぶにしても他にいくらでも相手を選べるでしょう」

「……弄ぶ？」

「そうですよ。これまでのランスロットさまは冷酷な侯爵と恐れられ、規律にも厳しくあられました。まだ若い身では色事に夢中になることもあるでしょうが、屋敷に連れ込んで囲うような真似はさすがにどうかと……。ほどほどにしていただきませんと、この先、然るべきお相手と結婚されたときの火種になりかねません」

「っは…、何を言うかと思えば」

説教じみた物言いに、ランスロットは浅く笑った。

ジェラルドは不本意そうに眉を寄せていたが、それを睨《ね》めつけると、ランスロットは肘掛けに頬杖をついた。

「おまえは、俺が興味本位でシャロンを連れて来たと思っているのか」

「違いますか？」

「ジェラルド、その耳はなんのためについているんだ？　俺は彼女と結婚すると言ったはずだ。おまえは主人の言葉をいつも適当な気持ちで聞いているのか？」

「そ、そういうわけでは……ッ」

「俺は誰の指図も受けない。これまでもそうしてきた。まして、小間使いに過ぎなかったおまえなどに従うつもりはない」

「……ッ」

ジェラルドの顔はみるみる蒼白になっていく。

六年間も仕えた相手にここまで言われて、自尊心が傷つかないわけがないだろう。

我ながら、なんて酷い言いぐさだと思ったが、シャロンを馬鹿にした発言には自分でも驚くほど腹が立っていた。ランスロットは深く息をついて立ち上がり、ジェラルドの横を通り過ぎて扉に向かった。

「俺について行けないというなら引き留める気はない。おまえの好きにしろ」

「ランスロットさま…っ、私はそんなつもりは……」

「ならば、行動で示せ」

「え…」

ランスロットは扉の前で立ち止まり、ジェラルドを振り返る。

この男の顔色がこれほど変わるのをはじめて見たと、他人事のように思いながら先を続けた。

「机の一番上の引き出しに手紙が入っている。それを王宮へ届けろ」

「……お、王宮…ですか？」

「そうだ。物事には根回しが必要だ。陛下の後ろ盾があれば、大抵のことはうまくいく。

これまで陛下のわがままには何度も付き合ってきた。一度くらいこちらの望みを聞いてもらっても罰は当たらないだろう」

「そ…れは……どういう……」

何をそんなに驚いているのか、ジェラルドの声は震えていた。

ランスロットはそれを一瞥すると扉に手をかけ、取っ手を捻った。

「クラレンス家は…、一世代前までは貴族だったそうだ」

「え…っ!?」

「嘘だと思うなら調べてみればいい。おまえが俺を見つけるきっかけとなった噂の出所…、ファーウッド伯爵だったか。クラレンス家と伯爵家は古くから親交があって、それが形を変えて今も続いているのだ。『身元不明の男』のことも、シャロンの父上からの頼みで伯爵が近しい貴族に話したのがはじまりだった」

「――ッ!」

ジェラルドはこれ以上ないほど目を見開き、固まっていた。

しかし没落した貴族など、そう珍しいものではない。

時代の変化について行けずに悠々自適に暮らした末に破産する家、新しい一手を見出せぬまま財産が目減りして自然消滅していく家。シャロンの家も、そういった中の一つだった。

「……な…、ならば…、ランスロットさまはシャロンさまの家を……」

どうやらだいたいの察しがついたようだ。

ジェラルドは呆然とした様子で言葉を途中でやめたが、最後まで言わずとも充分に伝わった。

「おまえが想像しているとおりのことをしようとしている。言いたい者には好きに言わせておけばいい。俺は、今さら周りからどんな目で見られようと痛くも痒《かゆ》くもない」

吐き捨てるように言うと、ランスロットは廊下に出た。

「……ランス……――」

ジェラルドが何かを言おうとしていたが、それを聞くことなく扉を閉めた。

好きな女を選んで何が悪い。

相手に身分がないからどうしたというのか。

――上辺でしか相手を見ない連中にはうんざりだ。

ランスロットは憎しみを込めた目で窓の向こうを睨んだ。

この世界は、隙あらば人を食いものにする魑魅魍魎《ちみもうりょう》で溢れている。

すり寄って胡麻《ごま》を擂《す》って、作られたその笑顔の裏には欺瞞《ぎまん》しかない。相手が子供であろうと関係ないのだ。

思い出すだけで反吐《へど》が出る。

今から六年前、十五歳になって間もない頃にランスロットはこの家の当主になった。

そのときから、貴族には憎悪と嫌悪しか抱いていない。

ファーガス家の若い当主は慈悲《じひ》の心がない、冷酷で冷徹だと領民から囁かれるようになったのもその頃からだった。

いつかシャロンも自分の『噂』が耳に入るときが来るだろう。

そのとき、彼女はどんな反応を見せるだろうか。

他の誰に恐れられてもいい。嫌われても構わないと思うのに、彼女にだけは変わってほしくなかった。

明るい笑顔。温かな手。心の籠もった手料理。

どこの誰とも知れない自分を介抱する姿に打算など微塵《みじん》も感じなかった。

『私は…、あなたがどこの誰かなんてどうでもいいの……。この先ずっと記憶が戻らなくても、思い出なんてこれから二人でたくさん作っていけばいいのよ……』

覚えている。忘れるわけがない。一言一句、頭に、心に刻まれている。

ずっと餓《う》えていた。

本当は、ああいうものを望んでいた。

小さな物置小屋で過ごした時間は、多くのものを信じられた昔の自分を思い出させた。

「――あそこにいたのは、十五歳の俺だ……」

消え入りそうな呟きが微かに廊下に響く。

時折すれ違う使用人が自分に気づいた途端怯えた表情を浮かべていた。

けれど、それが彼女でないなら、ランスロットにはどうでもよかった。

❀❀❀

一方、シャロンはその頃、屋敷の中を一人で散歩していた。

「貴族って大変ね……。おしとやかにするのが、こんなに大変だとは思わなかった」

シャロンはなるべく歩幅を小さくして、ぶつぶつと独り言を言いながら廊下を進んでいく。

この屋敷に来て一週間が経つが、ここでの生活にはまだまだ馴染《なじ》めそうにない。

ランスロットが部屋にいないときは好きなように過ごしていいと言われているので、こうして広い屋敷をあちこち見て回って雰囲気に馴染めるように努力しているが、なんだか無駄に時間を過ごしているようで手持ち無沙汰になってしまうのだ。

煌びやかな建物、豪華な調度品、一流の料理人が作る美味しい食事。

衣装部屋にはいっぱいのドレス。ランスロットから日々贈られる美しい宝石。

それは、誰もが羨むような贅沢《ぜいたく》な生活だったが、シャロンは人に何かをしてもらうことには不慣れでいちいち気を遣ってしまう。

そのうえ、気分転換に部屋を出るとシャロンを遠巻きに見て囁き合う使用人の姿を必ずといっていいほど見かけるのが、なんとも言えない居心地の悪さを感じさせる要因にもなっていた。

はじめは自分に用があるのかと思って彼らに話しかけたこともあった。

しかし、皆仕事があるからと言って逃げるようにそそくさと立ち去ってしまい、まともに話をしてくれる人がいない。

それでも侍女のフランチェスカだけは唯一普通に接してくれていたため、それとなく理由を聞いてみたのだが、躊躇いがちに返ってきた答えは思いも寄らぬものだった。

「まさか、ランの愛人と思われているなんてね……」

シャロンはため息交じりに呟き、裏庭に足をのばした。

どこにいても感じた疎外感。それがランスロットの愛人として見られていたためだと知ったのは昨日のことだ。

ある日突然主人が連れてきた若い娘。

その娘は貴族という話だが、確かな素性は誰も知らない。

主人はよほど娘に執心しているようで、毎晩同じベッドで過ごしている。

ときどき、日中でも何時間も寝室から出てこなくなることがあり、そんなときに二人が何をしているのかなんて説明されるまでもない。どうやら自分たちの主人は愛人を囲っているらしいと、そんな噂が使用人の間で広まっていたようだった。

「……でも、そう思われても仕方ないのよね。だって、ランは周りに何一つ説明していないんだもの……」

シャロンはぼそっと呟き、眉根を寄せて立ち止まった。

ランスロットは、食事のときも二人で廊下を歩いているときもシャロンのことはよく見ているが、基本的に周りを気にかけるということをしない。

使用人とは最低限の会話をするだけで、相手をまともに見もしないので名前と顔が一致していないことも珍しくなかった。周りもそんな主人に慣れているのか、特に気にする者はいないようだが、シャロンがなぜここにいるのかの説明もしないから、憶測だけが飛び交う結果となってしまったのだ。

――だけど、さすがに愛人というのは……。

これまでの暮らしとは勝手が違うことについては慣れるしかないと前向きに考えることもできたが、これにはショックを隠せなかった。

まだ一週間。されど一週間。

短い期間でも、見えてくるものはそれなりにあるものだ。

記憶が戻ってからのランスロットは、いつも表情が硬くほとんど笑ってくれない。

自分のことを話すのがよほど苦手なのか、問いかけても返ってくるのは短い答えばかりだった。

不慮の事故で両親を亡くし、十五歳のときにファーガス家の当主になったこと。

現在は二十一歳で、結婚歴もなければ婚約者もいないこと。

ここに来て一週間が経つというのに、シャロンは彼についてこの程度のことしか知らない。一緒にいる時間はそれなりにあったが、二人きりになるとすぐにベッドに運ばれてしまうというのも、会話が少ない原因かもしれなかった。

こんなことでは、家族に顔向けができない。

毎日のように繰り返される淫らな行為が嫌なわけではないけれど、そればかりというのも違う気がした。

「お父さんとスコット兄さん、元気にしているかしら……」

シャロンは屋敷の壁に寄りかかり、澄んだ空を見上げた。

ここに来るとき、父は家のことなら自分たちでなんとかするから大丈夫だと言ってくれたが、本当にその言葉に甘えてよかったのだろうか。

食事はどうしているのだろう。

洗濯物は溜まっていないだろうか。

掃除は、花の水やりは……、考え出したらきりがなかった。

――なんだか心配になってきちゃったわ……。

少しだけ様子を見に、家に戻ってはだめだろうか。

それほど遠い場所ではないから、日帰りもできるはずだ。

父たちとは少し前まで一緒に暮らしていた間柄なのだから、ランスロットもわかってくれるだろう。

それにこの一週間、シャロンは屋敷の様子を注意深く見てきたが、彼の身が危険に晒されるようなことはまったくなかった。

この屋敷には屈強な衛兵がいて、たくさんの使用人もいる。

これだけ大勢の目がある中で何かがあれば騒ぎにならないわけがない。

ならば、彼の怪我はなんだったのだろう。もしかしたら、本人が言っていたように岬から足を滑らせただけなのではないか。疑問は消えないものの、シャロンは日を追うごとに自分の考えを疑うようになっていた。

「――それにしても、あのランスロットさまが色事に夢中だなんて、いまだに信じられないよ」

そのとき、不意に聞こえてきた声に、シャロンはハッと我に返った。

――今の声はどこから……？

きょろきょろしながら壁際から顔を覗かせる。

すると、ここから程近い樫《かし》の木の傍に、二人の若い男の使用人がいた。休憩時間なのか、彼らはとても寛いだ表情で会話を愉しんでいるようだった。

「泣く子も黙る冷酷な侯爵さまも、普通の男だったということなんだろう。ランスロットさまは、黙っていれば女性のほうから寄ってきそうな顔立ちをしているし、それなりの経験はありそうだが」

「そうかもしれないが、女性を連れて来たのははじめてだろう？」

「まぁ…、それはな。彼女、見た感じは色っぽいわけじゃないし、愛人って雰囲気じゃないのがまた不思議というか……。かわいい感じで悪くないけど……」

「確かに……。いつもつけてるブレスレットも変だしな」

「ブレスレット？」

「そう、やけに安っぽい」

「それは言い過ぎだろ」

「だってどこかの貴族の令嬢っていうわりに変だと思わないか？　食事の仕方もぎこちないし、急いでもいないのにいつも早歩きだし……。なぁ、彼女は本当は貴族じゃないんじゃないか？　まさかどこかから買ってきたなんてことは……」

「お、おいっ、いい加減にしろって……ッ！」

「……あ」

「気持ちはわかるが、それ以上はやめておけ。もしこんな話がランスロットさまの耳に入ったら、俺たちただでは済まないぞ。今は…、周りに人はいないようだが……」

「す、すまない……っ。最近のランスロットさまは妙に雰囲気が柔らかくなったからつい気が緩んで」

「そろそろ行こう」

「あぁ、本当にすまない……」

彼らは途中まで普通に話をしていたのに、なぜか中断してしまった。

辺りを見回しながら去っていく二人の姿に、シャロンは咄嗟に身を引いて壁に隠れた。

ここの使用人は紳士的な人ばかりだと思っていたが、彼らも仲間内では軽口を叩くこともあるようだ。陰では、ああいう下世話な話もしているのだと知って、少しがっかりした気持ちになった。

――でも、あんなに大袈裟に怯えなくても……。

一拍遅れて『泣く子も黙る冷酷な侯爵さま』『ただでは済まない』という言葉が頭に届くが、なんのことだかわからない。

しばし考え込んでいたが、ふと左手のブレスレットに目を落とした途端、シャロンはがっくりと項垂《うなだ》れた。

クラレンス家にいた頃、ランスロットが手作りしてくれたブレスレット。

これはシャロンの宝物だったから、ここに来るときも忘れずに持ってきたし、毎日身につけてもいた。

――安っぽい……。

とても綺麗だと思うのに、彼らにはそう見えないのだろうか。

シャロンは泣きたい気持ちになりながら、とぼとぼと屋敷に戻る。

自分のことで、さまざまな憶測が広がっていることも目の当たりにしてしまい、さすがに落ち込みを隠せなかった。

それから、部屋に戻って間もなくのことだ。

——コンコン……ッ！

ブレスレットを見つめながらソファで休んでいると、突然ノックの音が勢いよく響く。その大きな音に肩をびくつかせると扉が開き、フランチェスカが顔を覗かせる。彼女はシャロンと目が合うや否や、真っ青な顔で駆け寄ってきた。

「シャロンさま、今までどちらへ……ッ!?」

「え、庭で散歩を……。あの、どうかしたんですか？」

「それが……、部屋が荒らされて……っ！　シャロンさまに何かあったのではと心配で、ずっと探していたのです……っ」

「部屋が……？」

言われて部屋を見回すが、特に変わった様子は見られない。

心配は伝わるものの、これでは要領を得ない。フランチェスカを落ち着かせるために華奢な肩にそっと触れると、彼女は目に涙を浮かべて頭を下げた。

「シャロンさまの衣装部屋が滅茶苦茶にされていたのです……っ。申し訳ありませんッ、もう少し私が気をつけていれば……っ！」

「衣装部屋？　どういうことですか？」

「申し訳ありません……っ」

「そうではなくて……。ええと…、衣装部屋が滅茶苦茶にされていたのはわかったわ。だけど、あなたはそれに気づいただけでしょう？　だったら謝る必要はないと思うのだけど」

「でも…っ」

フランチェスカはどうしてこんなに取り乱しているのだろう。

滅茶苦茶と言っても人によって程度はさまざまなので、今の話だけではシャロンには判断がつかない。

たとえば、気を利かせて整頓してくれていた人が、途中で誰かに呼ばれていなくなったところにたまたま入ってしまっただけかもしれない。そういうときは元の状態よりごちゃごちゃになっていることもあるので、それを誤解しただけかもしれないのだ。

「とにかく話だけではよくわからないわね。まずは自分で確認しないと」

「あっ、お待ちくださいっ。私もご一緒しますので……っ！」

シャロンは立ち上がり、素早く扉に向かう。

このときのシャロンはさほど深刻に捉えることなく、慌てて追いかけてきたフランチェスカと二人で衣装部屋に向かうことにした。

ところが、衣装部屋に足を踏み入れた瞬間、考えはすぐに変わった。

「――え……」

引きちぎられた袖。

鋭利《えいり》なもので引き裂かれたようなスカートの裾。

床一面に散乱したドレスの残骸《ざんがい》。

クローゼットからも布がはみ出ていたが、それすら引き裂かれた形跡があり、まともな形で残っているものは一つもない。

偶然などでは片付けられない、明確な悪意を感じる光景だったのだ。

「……なんて酷いことを……」

ここは、シャロンのために用意された衣装部屋だ。

シャロンはこの部屋をはじめて見たとき、あまりの量に絶句した。

しかし、ランスロットは『これは仮に用意したものだ』と言ってシャロンの身体の採寸をさせ、新しくドレスを作らせようとしていて、自分との感覚の違いに驚かされたものだった。

だから、ここには繋ぎとして用意されたドレスしかなかったが、どれも上質な布地を使用していて、レース一つ見てもこだわりが感じられた。デザインから縫製《ほうせい》に至るまで一切の手抜きがなく、本当に美しい衣装ばかりだったのだ。

「申し訳ありません……。私がもっと注意を払っていればこんなことには……っ」

呆然としていると、フランチェスカが声を震わせて謝罪してくる。

シャロンは自分の顔が強ばっているのを感じながら、力なく首を横に振った。

「フランチェスカさんが謝る必要は……」

「管理を任されたのは私なのですから、言い訳はできません……ッ。せめて鍵をつけておけばよかったのです。たとえシャロンさまがお許しになっても、ランスロットさまがお許しにならないでしょう……」

「そ、そんなわけ……。誰がやったかは知らないけれど、こんなこと予測できるわけないでしょう。彼だって責めたりはしないわ」

「いいえ…っ！　すべて私の責任です。ジェラルドさまに気をつけるようにと強く言われていたのですから……っ！」

「ジェラルドさん？　ど、どういうことですか？」

どうしてここでジェラルドが出てくるのだろう。

意味がわからず困惑していると、フランチェスカはどこか怯えた様子を見せながら、涙交じりに答えた。

「……ランスロットさまは立派な方ですが、恐ろしい方でもあります。どんな小さな罪でも許してはくれません……」

「罪…？」

「はい…、シャロンさまもご存じでしょうが、ランスロットさまは過去に親類に対して厳しく処罰なさったことがありました。周りの意見に耳を貸さずに、縁まで切ってしまわれたとか……。それに……、婚約者ともむごい別れ方をしたことは、とても有名な話です……」

「……え？」

「ランスロットさまの恐ろしい噂は今も絶えません。だから皆、いつも怯えているのです。粗相《そそう》をしないように必死なのです！　ジェラルドさまの話では恨みを抱く者も少なからずいるそうですが、ファーガス家は王族と姻戚関係にある尊い血筋……、特にランスロットさまにはさまざまな強い権限が与えられて、直接手を出せる者などおりません。だからこそ、シャロンさまには気を配るようにと言われていたのです。ランスロットさまの代わりに何をされるかわからないからと……っ。それなのに……ッ、本当に申し訳ありません……ッ！　至らない私をどうかお許しください……っ！」

「……っ」

いつも穏やかなフランチェスカが取り乱す姿は尋常ではなかった。

だが、今の話を理解するにはあまりに情報量が多すぎて、シャロンは何一つ反応できない。

皆がランスロットを恐れている。

小さな罪でも許してはくれない。

過去には親類を処罰して、婚約者とはむごい別れ方をした。

「婚約者……？」

頭がぐらぐらして、シャロンは壁に手をつく。

そんなものはいないと、彼は言っていた。

それとも、今はいないという意味だったのだろうか。

彼にどれほどの権力があるのかなんてシャロンにはわからない。

彼に恨みを抱く者がいることも、その代わりにシャロンの身が狙われる可能性があることもすぐに理解できる話ではなかったが、自分の知らない過去に動揺を隠せなかった。

――だから庭にいた使用人も怯えていたの……？

軽口を言ったあとに空気が変わったのは、ランスロットの恐ろしさを思い出したからだったのだろうか。

よくわからない。

クラレンス家にいたときの彼はとても優しかった。

垣間見える教養と細やかな気遣いは紳士的で、シャロンの周りにはあんな人はいなかったから、はじめは子供の頃に読んだ童話の王子さまと重ねることもあった。

今考えても、夢見がちだったと思う。

けれどそれは、彼の傍で過ごしているうちに現実の恋になったのだ。

はじめて抱き締められたときのこと、ルークに襲われたときに泣きそうな顔をしながら助け出してくれたこと、手作りのブレスレットをくれたこと。作業場の人たちに囲まれて嬉しそうに笑う顔。出て行った彼を必死で捜し回り、海辺で見つけたときのこと――。

シャロンには、もう彼しか見えなかった。

この先、一生彼の傍にいることしか考えられなかった。

ランスロットの記憶が戻ったあとも、その気持ちは変わっていない。

もちろん、喜怒哀楽がほとんどない彼のことを多少疑問に思うことはある。

だが、今は新しい生活になかなか馴染めないもどかしさと、周りからランスロットの愛人だと思われていたことに落ち込むあまり実家が恋しくなったりと自分のことで精一杯で、彼の過去をそこまで気にする余裕がなかった。

「フランチェスカさん……、今の……」

今の話はすべて、本当なのだろうか。

問いかけようとしたが、青ざめた顔でぽろぽろと涙を零すフランチェスカを見て、シャロンは途中で口を閉ざした。こんなことで嘘をついても、彼女が得をすることは何もなかった。

「――なんだこれは…?」

そのとき、不意に背後から声が響いた。

びくっと肩を揺らして振り向くと、扉の前にランスロットがいた。

どうやら扉が開けっ放しだったようで、彼はシャロンと目が合った途端、素早く駆け寄ってきた。

「シャロン、大丈夫か!?」

「……あ、……ラン……、どうしてここに？」

「部屋にいないから、君を捜していたんだ」

「そう…だったの」

「それより、これはどういうことだ？　シャロン、誰かに何かされたのか!?」

この惨状には、ランスロットも動揺していた。

壁に凭れていたシャロンの肩を抱き寄せると、彼は焦りを滲ませた表情で顔を覗き込んできた。

「な…、何も……」

「おい、そこの侍女。おまえはなんだ。何か知っているのか？」

やっとのことでシャロンは答えようとしたが、それより前にランスロットがフランチェスカに目を向けた。

「あ…、あの……私は……っ」

いきなり話しかけられて彼女は弾かれたように顔を上げる。

その顔は青ざめ、身体は震えていて、彼を恐れているのが伝わるようだった。

「……お…、恐ろしい何かが潜んでいたとしか……」

「なんのことだ。わかるように説明しろ」

「も…、申し訳……」

「ま、まって…ッ」

フランチェスカは怯えてまともに説明もできないようだ。

このままではあらぬ誤解を受けてしまいかねない。

シャロンは黙って見ていられなくなり、素早く二人の間に入ってランスロットに向き直った。

「彼女は何も知らないの！　気づいたときには、ここを荒らされていたのよ。私はただ驚いていただけで、誰にも何もされていないわ。本当よ！　だから、彼女を責めるようなことはしないで……っ」

「では、誰がやったかはわからないのか？」

「ええ…、まだ何もわからないの……。どうしてこんな……、素敵なドレスばかりだったのに……」

「……」

シャロンの言葉に、ランスロットは改めて部屋を見回す。

その唇が微かに震えているように見えるのは気のせいだろうか。

強ばった表情をじっと見ていると、ランスロットは深く息を吐き、シャロンの手をぐっと摑んだ。

「部屋に戻ろう」

「え…っ!?　で、でも片付けが……ッ」

「それは君がすることじゃない」

「だけど…っ」

「いいから来るんだ」

「あ…っ!?」

彼は何を言っても聞いてくれない。

このままにしていいわけがないのに、戸惑うシャロンを強引に衣装部屋から連れ出してしまう。

フランチェスカは、責任を感じて落ち込んでいるはずだ。

せめて慰《なぐさ》めの言葉をと思ったが、ぐいぐい引っ張られてしまって彼女の顔を見ることもできない。そのまま部屋に連れて行かれてしまったために、結局何一つ声をかけられなかった。

「酷いわ…ッ！　彼女一人で片付けなんて……っ」

「誰も一人でやれとは言っていない。使用人は他にも大勢いるんだから、手伝わせればいいだろう」

「そ…、それはそうかもしれないけど……」

「……ずいぶん、あの侍女に肩入れしているな」

「そういうわけじゃ……っ」

「もういい、君とは言い合いなどしたくない。あとはすべて俺に任せてくれ。犯人は必ず見つける」

「……っ」

本当にそれで解決するのだろうか。

犯人が見つかったら、彼はどうするつもりだろう。

強い憎しみが伝わるほど荒らされた衣装部屋。

ランスロットの過去。

庭にいた使用人の怯えた表情やフランチェスカの震えた身体が、やけに目に焼き付いて離れない。おまけにフランチェスカが言った『処罰』という言葉を思い出し、シャロンはぞくっと背筋が粟立つのを感じた。

「……あ…ッ」

しかし、彼はそんなシャロンの様子に気づくことなく、軽々とその身体を抱き上げて寝室へと向かう。そのままベッドまで運ぶと、もつれるように倒れ込み、強引にシャロンを組み敷いた。

「え…ッ、まっ、待って……、待っ……ん…ぅ……ッ」

まさかこの流れで抱こうというのか。

慌てるシャロンをよそに、ランスロットは性急に服を脱がそうとしている。

とてもそんな気になれずに抵抗しようとしたが、両手を頭上で固定するように摑まれて動くことができない。声を上げようとすれば唇を塞がれ、強引に舌を搦め捕られて言葉までも封じられてしまう。これまで多少強引なところはあったが、こんなふうに一方的な行為ははじめてだった。

「う…、っふ……んぅ…、ん……」

いつもと様子が違う。

彼はなんだか怒っているようだった。

部屋を荒らされたことを怒っているのだとしたら、その憤りをこんな形でぶつけられるのはあまりにも哀しい。

こんなふうに抱かれるのは嫌だ。

ランスロットが酷い人だなんて思いたくない。彼はそんなことができる人ではない。

周りの話を鵜呑みにもしたくない。

『シャロン……、もし本当にランがファーガス家の当主ならば……、ランは…、ファーガス家の当主は……』

そのとき、ふと、ジェラルドからランスロットの素性を聞いたときの父たちの反応を思い出した。

もしかして、二人はランスロットの噂を聞いていたのだろうか。

あのとき、スコットは何かを言おうとしていたが、今思えばあれはランスロットの噂を話そうとしていたのかもしれない。

けれど、父たちはすべてを呑み込み、シャロンを送り出してくれたのだ。

混乱と葛藤の中、シャロンは揺らぐ心を必死で抑え込む。父たちは一緒に暮らした『ラン』を信じたから送り出してくれた。ならば自分も彼を信じるためにすべきことがあるはずだと、僅かに唇が離れた隙に声を上げた。

「ランには…ッ、婚約者が……いたの……？」

「え…？」

その直後、ランスロットは動きを止めて顔を上げた。

彼は特に表情を変えることなく数秒ほど押し黙っていたが、ややあって怪訝そうに眉をひそめた。

「誰に、それを聞いた？」

「……っ」

低く問いかけられ、シャロンの目から大粒の涙が零れ落ちる。今の反応でそれが事実だとわかってしまったからだ。

けれど、正直に答えるわけにはいかない。

もし答えてフランチェスカが責められるようなことがあってはならない。

何度も首を横に振っていると、彼は喉の奥で笑いを噛み殺し、シャロンの頬に指を伸ばして涙を掬い取った。

「まぁいい…。どのみち、いつかは君の耳に入ることはわかっていた。酷い別れ方だとか情がないとか、そんな話を聞かされたんだろう？」

「……そ、それは……」

「別に濁《にご》さなくてもいい。自分の評判が良くないことは知っている。散々言われてきたことだ」

「じゃ、じゃあ……、本当……なの……？」

「さぁな。人によって捉え方はさまざまだ。そう思うなら、あえて否定はしない。俺はきっと酷い男なんだろう」

「それじゃわからないわ……っ！」

捉え方と言われても、シャロンは詳しい話を聞いたわけではないのだ。

彼こそ言葉を濁しているように思えて、つい声を荒らげてしまった。

すると、ランスロットは苦笑を浮かべて目を伏せる。

このまま口を噤んでいてほしくない。せめて一言でも反論してほしい。

その唇を食い入るように見つめていると、ランスロットは諦めた様子で息をつき、シャロンと目を合わせた。

「……ファーガス家を守るためだった」

「え？」

「あのときの俺は、まだ当主になったばかりで、両親が残したこの家を守ることに必死だった。だが…、相手の両親は俺が家を継いだ途端、金の無心をするようになり、見るに堪えない醜悪さでたかりはじめた。調べてみると、彼らはこの家の財産を当てにして、途方もない借金を抱え込んでいることがわかった。このままでは、ファーガス家は食いつぶされてしまう。そう思った俺は、婚約の話を一方的に白紙に戻した。婚約者とは十歳頃に一度会ったきりで顔も覚えていない。だからなんの情もなく、躊躇いもなかった」

「……ッ」

「その後、相手の家は破産したが、俺は最後まで手を差し伸べなかった。共倒れになる覚悟をしてまで救う理由もなかった。……当然、それを非難する者はいた。なんて冷酷な男だと噂を広める者もいた。一度広まった噂は一人歩きしていく。人間は、信じたいものしか信じない生き物だ。だから、好きに解釈すればいいと思っていた。わかってもらいたい相手など、これまで一人もいなかった」

「そ、んな……」

彼の口から淡々と語られた婚約者の話。

それはフランチェスカから聞いた印象とはまるで違うものだった。

シャロンは息を震わせてランスロットを見上げた。

人の噂とは、なんて無責任なのだろう。

これは一方だけを見て語れる話ではない。

彼が当主になったのは、十五歳のときだったのだ。

シャロンが十五歳の頃は毎日家事に奔走していたし、兄が十五歳の頃には父の跡を継ぐべく職人の道を歩んでいた。それはあまり変わり映えのしない日々だったかもしれないが、そこには常に安心があった。母は幼い頃に亡くなっていなかったけれど、父が自分たちをしっかり守ってくれていたからだ。

けれど、ランスロットは一度に両親を亡くしてしまった。

十五歳の少年がすべてを背負って生きていくには、あまりにも重い現実だったろう。

誰か彼を助ける者はいなかったのだろうか。

婚約を白紙に戻したことを、周りは非難するばかりだったのだろうか。

諦めたように『好きに解釈すればいい』だなんて、あまりに哀しすぎる。

もっと話をしてほしい。きっと皆は誤解しているのだ。シャロンには、彼が一方的に悪いとはどうしても思えなかった。

「……その人たちは、どうしてそんな愚かなことを……。身の丈に合った生き方をしていればよかったのに……」

「ほとんどの貴族はそんなものだ。どんなに着飾っていても中身が伴っていない。それどころか、欲に塗れた獣以下の者ばかりだ。……俺には君たちのほうが、ああいった連中よりもよほど尊ぶべき存在に見える」

「え…」

「シャロン…、だから俺は、どんなことをしても君と……」

「……あ、……ン」

彼は掠れた声で囁き、シャロンの首筋に口づける。

抑えた吐息が肌にかかって、びくびくと身を震わせた。

しかし、頭の隅では彼が貴族を嫌っているような言い方をするのが妙に引っかかっていた。貴族の話をするとき、ランスロットの瞳の奥には憎しみの炎が揺らいでいたからだ。

「……シャロン」

「あ…、んぅ……っ」

だが、そこで頭上で押さえつけられていた手が解放されて自然と意識が逸れる。今度はスカートを大きく捲り上げられ、熱い手のひらで太股を弄られた。

甘い声を上げると、性急な動きで服の上から胸を揉みしだかれる。

少し驚いて身を捩ろうとしたが、ランスロットは咄嗟にシャロンの腰を摑んで放さない。それだけで簡単に動きが封じられ、微かな動揺を顔に浮かべると、彼は息を荒らげながらドロワーズの腰紐を解いて強引に引きずり下ろしてしまった。

「そ、そんな……、あ、あぁ……っ」

下肢が空気に晒されると、途端に彼の指先がシャロンの秘部を掠めた。

思わず身体がびくつき、腰をくねらせる。ランスロットはその動きを追いかけ、柔らかなひだをくすぐり、敏感な芽を指で刺激した。

「あぁ…あ…、ひあぁ…う……」

本当はもっと話をしたい。

聞きたいこともたくさんあるのに、身体のほうはそれどころではなくなっていた。

この身体は、ランスロットに触れられると簡単に感じてしまう。どんなに強引でも淫らに刺激されれば、たちどころに身体が熱くなって堪らない気持ちになるのだ。

「ひあぁ…ッ！」

程なくしてシャロンの中心を太い指が貫き、ぐちゅっと淫らな音が響く。

すぐさま内壁を擦られ、指が動くたびに水音が激しくなるのがわかり、シャロンは顔を真っ赤にした。真剣に話をしながらも身体は彼を待ちわびていたようで、そんな自分が恥ずかしかった。

「すぐにでも挿れられそうだな」

ランスロットはシャロンの耳元で囁くと、わざと音が立つように指を動かす。

「っは、あ…、あぁ、あぁ…っ」

シャロンはそのたびに腰をくねらせ、小刻みに肩で息をしながら無意識に彼の胸元に乳房を押しつけていた。

けれど、服の上からでは刺激が足りない。

だから中心を行き来する指を締め付けて快感を追いかけたが、自分でも何をしているのか、よくわかっていなかった。

ランスロットはそんな痴態を満足げに見つめている。

やがて彼はシャロンの背に腕を回してドレスのボタンを外し、片手だけで器用に脱がしていく。

その動きにシャロンも協力していると、すぐに両腕がすっぽりと抜けて腰まで一気に脱がされる。下にはシュミーズを着ていたが、ランスロットは胸の上まで捲り上げるだけに留め、あらわになった乳房にすぐに舌を這わせはじめた。

シャロンを見つめ返す。

「あっあっ、……んっ」

「……どれも君に似合っていたのに、もうこれしか残っていないのか……」

そのとき不意に、ため息交じりの声が耳に届く。

少し掠れた物悲しい囁きに、シャロンは息を弾ませながら彼に目を移した。

ランスロットは舌先でいたぶっていた乳首に口づけると、中心から指を引き抜きながらシャロンを見つめ返す。

揺れる眼差しが、なぜだかとても寂しそうだった。

脱がされかけたドレスに目を移すと、彼の瞳はさらに哀しげに揺れた。

ランスロットは上衣を脱ぎ捨て、己のシャツに手をかける。ボタンを外し、クラバットを取り、シャツを脱ぐ間もその目は哀しそうにドレスを追いかけていた。

「……ラン？」

もしかして、衣装部屋のドレスは特別なものだったのだろうか。

彼は、あれをシャロンのドレスを新調するまでの繋ぎだと言っていたが、この顔を見ているとそんなふうには思えない。考えてみると、あれほどの数のドレスがこの屋敷にあることは不思議といえば不思議だった。

「シャロン、あと少し待っていてくれないか」

「何…を……？」

「俺は今、君の父上に爵位が与えられるように陛下に働きかけている。それには少し時間

が必要なんだ」

「……え？　しゃ…、爵位……？」

「一度失ったものなら取り戻せばいい。そうすれば誰も口出しはできない」

「そ…、それって……」

シャロンはわけがわからず、ランスロットを見上げた。

しかし、彼はそれ以上答えようとはしない。下衣をはだけさせると、いきり立つ先端をシャロンの秘部に押し当ててきた。

「ん…、あ、ぁ……」

シャロンはビクビクと入口を痙攣させて背を反らす。

しかし、甘い喘ぎを上げながらも動揺を隠せない。

──爵位って…、なに……？

シャロンは困惑を顔に浮かべて身を捩った。

まさか、一度失った爵位を取り戻して周囲に認めさせるとでも……？

いきなりそんなことを言われてもすぐには理解できない。そんなことができるのかもわからない。

そもそも、そんな話をいつ決めたのだろう？　父は知っているのだろうか？

少なくとも自分は、今言われるまで何も知らなかった。

「ひ、あ、あ、あっ」

ぐるぐると考えを巡らせる間も、ランスロットは濡れそぼつ入口を執拗に先端で擦り上げていた。

やがてシャロンの反応がさらに大きくなったところで、彼は両脚を大きく広げさせて腰に力を込める。途端に内壁が押し広げられていったが、シャロンの身体はその熱を難なく受け入れようとしていた。

「あぁあー……ッ！」

その直後、一気に最奥まで貫かれてシャロンは悲鳴に似た嬌声を上げた。

けれど、すぐにはじまった抽送で狂おしいほど奥を突かれ、頭の隅に残った僅かな冷静さは瞬く間に霧散していく。

次第に全身が燃えるように熱くなり、シャロンはひくひくと喉をひくつかせる。気づけば律動に合わせて彼を締め付けていた。

「あっあっ、ああ…っ、ンッ、あぁぁ……ッ」

普段は口数が少なく表情もあまり変わらないのに、肌を合わせているときのランスロットは猛々しい雄の目をする。

シャロンはその目に射貫かれると、心臓を鷲掴みにされたようになってしまう。

身体はさらに火がつき、たった今まで考えていたことさえわからなくなる。二人の繋がった場所からは止めどなく蜜が溢れ出し、途切れることなくふしだらな音が立っていたが、それさえ快感に変わっていた。

「君は…、いつまでこれをつけているんだ？」

「ひ…ぁあ…ッ、ああっ、あっあっ」

ふと、彼はシャロンの左腕に目を向ける。

指先でブレスレットを軽く突くと、連なるガラス玉が小さく揺れた。

シャロンの頭には使用人が『安っぽい』と言った光景が浮かび、ブレスレットを隠すように咄嗟に左手首を握り締める。大事な想い出が取り上げられそうな気がして、激しい律動に乱されながら、ふるふると首を横に振っていた。

「……や…、いや……」

「いや……？」

「ずっとつけていたいの……っ」

「……ずっと？」

「んっ、あっ、ず…っと……、ずっと……」

「これをずっと？」

「あ……っは……、……ん」

「もっと高価なものが世の中にたくさんあるのにか……？　首飾りに指輪、いくつも君に贈ったはずだ。本物の宝石は、これよりずっと美しかったろう？　……こんな出来損ない、捨ててしまっても誰も咎めやしない。それなのに……、君はこれをずっとつけるというのか？」

「んっ、っは……、これがいい……。あっ、ああ……、ほ…、他には何もいらないから……、だから……、取り上げないで……ッ」

「……ッ」

シャロンが答えた瞬間、ランスロットの瞳が大きく揺らいだ。

微かに震える形のいい唇。

僅かに潤んだ青い瞳。

一瞬だけ、彼の顔がぐしゃっと崩れたように見えた。

思い違いでなければ、以前、海辺で彼を見つけたときと同じ顔だった。

けれど、すぐにシャロンの首に顔を埋めてしまったので、はっきり見ることはできない。

全身を小刻みに揺さぶられて確認するどころではなくなり、彼の背に腕を回し、その身体にしがみつくのが精一杯だった。

「あぁ、そんなに激しくしたら……ッ」

「シャロン…、シャロン……ッ」

「あぁ、ああ…ッ、だめ、だめ……ッ、お腹……、熱い……っ、も…、もうだめ…ッ、だめ……っ、あっあっあっ、あぁあ……っ」

がくがくと全身を震わせ、シャロンは強烈な快感に激しく喘ぐ。

先端を最奥に押し当てたまま執拗に揺さぶられ、ますます限界へと追い詰められる。耳元で響く低い呻きで、さらに身体が熱くなった。

内壁がヒクヒクと痙攣し、内股がぶるぶると震え出す。

お腹の奥が切ない悲鳴を上げているのがわかり、シャロンは絶頂の予感にランスロットに強くしがみつく。

これ以上は我慢できない、おかしくなってしまうと何度も首を横に振って訴え、シャロンは狂おしいほどの律動に涙を零した。

しかし、ランスロットはさらに動きを加速させ、一層の高みへ押し上げようとする。

その直後、シャロンの身体はがくんと大きく波打ち、激しい快楽の波に呑まれるのを感じた。それに逆らうことなどできるはずもなく、あとはもう最後の瞬間に身を投じるだけだった。

「あっあぁあ…ッ、あ、あ、あぁあ――…ッ!」

柔らかくしなる身体。絶頂に打ち震える内壁。

シャロンは彼の熱を強く締め付け、しがみつく手に力を込める。

やがて内壁が断続的に痙攣しはじめると、ランスロットは低く呻いてシャロンの中をかき回した。

その猛々しさに、シャロンはさらなる絶頂の波に攫われる。

耳元で名を呼ばれ、淫らな囁きに胸を焦がしながら彼の激しさに乱された。

「――…ッ」

瞬間、ランスロットは掠れた声を上げた。

胸筋を小刻みに震わせ、骨が軋むほどの強さでシャロンを掻き抱く。奥に押しとどめたままの熱が膨らみ、最奥に白濁《はくだく》を放ち、彼もまた快感に逆らうことなく最後の瞬間を迎えたのだった。

「あ…、あっ、……っは、…はぁ、……ッ」

狂おしいほどの律動が徐々に緩やかになって、やがてその動きは完全に止まる。

部屋にはしばらくの間、互いの乱れた息づかいだけが響いていた。

自分の中が温かなもので満たされていくのを感じ、シャロンは放心しながら天井を見上げた。

なぜだか涙が溢れて止まらない。

これまで幾度となく肌を合わせてきたが、こんなにも感情を乱されたのははじめてだった。

荒らされた衣装部屋。

ランスロットにまつわるいくつかの噂。

シャロンの父に爵位を与えようという話。

これだけのことがあったというのに、簡単に流されてしまった。

いつもこうだ。だからまともに話ができない。

けれど、このままでいいわけがない。シャロンはなんとか呼吸を整えると、意を決してランスロットに問いかけた。

「……どうして、何も話してくれなかったの？」

「……？」

ランスロットはシャロンの胸に顔を埋めて息を整えていたが、ぴくりと肩を揺らして顔を上げた。

「あなたはこれからも、なんでも一人で決めてしまうの？」

「シャロン……？」

彼の生きてきた世界はシャロンのものとはずいぶん違う。

普通の家の娘として生まれた自分とでは背負うものの大きさも違う。

だから見え方や考え方が違って当然だと思えるし、多くのことを一人で決めなければならない立場だということも理解はできる。

だとしても、爵位の件に関してはやはり納得がいかない。

自分の家は貴族だったが、シャロンにとってそれは過去の話でしかない。

父は真面目な職人で、兄はその背を追いかけて日々努力を重ねている。シャロンはそんな二人のために何かしたくて自らの意志で家事をすべて引き受けてきた。

恥ずかしい生き方をしてきた覚えはない。

爵位などなくても、父は立派だ。

それを、無理に合わせようとしているのは、釣り合いが取れないからだと言われているようで釈然《しゃくぜん》としない。

しかも、ランスロットはそのことを今日まで黙っていたのだ。

彼にとって自分はなんなのだろう。自分たちの結婚について本気で考えてくれていたのは嬉しいが、こんなに大事な話をなんの相談もなく一人で進めようとしていたことが哀しくて仕方ない。

どんなに親しくても、相手の考えがすべてわかるわけではない。

だからこそ、気持ちを伝える努力は必要だと思うのだ。

「ラン…、私たちの結婚は……、急ぐ必要はないと思うわ……」

「……え？」

「だって、このままでうまくいくとは思えなくて」

「な…に……？」

目を見開く彼に、シャロンは小さく頷く。

シャロンはまだ彼について知らないことがたくさんある。

たわいないことでもなんでもいいから、もっといろいろ話をしたいのだ。

同じ時間を過ごして、たくさんの思い出を作ってからでも構わない。

きっと、今の自分たちにはそういったものが必要だ。そうすれば何十年か先に、思い出話に花を咲かせるときが来るだろう。

「ラン、私たちはもっと」

「だめだ……っ」

「え…、――んん…ぅ…ッ!?」

だが、シャロンのそんな気持ちはうまく彼に伝わらなかった。

伝えようとした瞬間、彼の唇で塞がれてしまっていた。

「ん…、う……ッ、……うぅ……」

強引に搦め捕られる舌。

息苦しいほどの口づけ。

苦しくて小さな呻きを上げると、いつの間にか力を取り戻した彼の熱でシャロンの内壁を刺激された。

「んぅ…、ッ、んんっ」

「俺が…、嫌になったのか……?」

「……ん…っ」

「だったら、なぜ一緒についてきた……？　どうして黙って抱かれていた？」

「っは…ッ、ち…、違……っ」

「馬鹿なことを……。今さら…、そんなことを許すと思うのか？」

「……違う…、そうじゃ……」

「どこへもやるものか…っ、君は俺のものだ……ッ！　絶対に、何があっても離さない……ッ！」

「あっぁあ…ッ!?」

ランスロットは激しく腰を揺さぶり、シャロンの奥を掻き乱す。

達したばかりで敏感になりすぎていた身体にはこの刺激はきつすぎる。

だが、逃れようと身を捩っても彼は力を緩めようとはしない。シャロンの脚を腕にかけて繋がりを深め、息ができないほどの口づけを何度も繰り返した。

——嫌いだなんて、一言も言ってないのにどうして……？

どうしてそんなふうに捉えられたのか、よくわからなかった。

離れるとも言っていないし、そのつもりもなかった。

憤りはあったが、決して後ろ向きな気持ちで言ったわけではない。

早く誤解を解かなければと焦ったが、彼はかつてないほどの熱でシャロンの中を掻き乱してくる。それでもなんとか気持ちを伝えようとしたが、何かを言おうとするとすぐに口づけで封じられてしまう。次第に何も考えられなくなって、途中でまともに言葉も出せなくなった。

「あっあああっ、……ああ、……ぁ……ッ」

終わらない行為に喘ぎ続け、シャロンはただ彼の熱を受け止める。

部屋には、肌がぶつかる音が延々と響いていた。

律動のたびに互いの蜜が淫らに絡み合う音がしていた。

遠ざかる意識の狭間で、シャロンは時折自分の手に頬を寄せては柔らかく口づけるランスロットを目にした。

その顔は、シャロンの手を綺麗だと言ってくれた彼と同じだった。

けれど、とても哀しげな目をしていて、今にも泣いてしまいそうだった。

――そんな顔をしないで……。

だからシャロンは一切抵抗をせずに彼を受け入れた。そうすることでしか、この切ない胸の痛みを伝える術を思いつかなかったからだ――。

第八章

あれから、何日が経ったのだろう。

カーテンの隙間から何度か日が差し込んでいたのは覚えているが、はっきりとした日にちの感覚がない。

わかるのは彼の重みと、互いの汗の匂い。

手のひらの熱。胸板の厚さ。

切なく潤んだ青い瞳。苦しげな喘ぎ。縋るように掻き抱く腕。

何度身体を繋げたかは覚えていない。

部屋に誰かが来た記憶もない。

時折傷ついた顔をする彼を放っておけなかった。理解したかった。

自分たちは何度も一つに融け合い、あれからほとんどの時間をベッドの上で過ごしていた。

「……あ……、あぁ……は……ッ」

少し眠って、起きればまた抱き合う。

繰り返される行為に、不思議と身体は柔軟に対応した。

愛撫されれば簡単に蜜が溢れ出る。少し擦られれば内壁は快感に蠢く。

雄々しい熱で貫かれて、果てるたびに快楽に堕ちていった。

今もまたシャロンは絶頂の余韻に浸って恍惚《こうこつ》とした表情で天井を見上げていた。

閉じ込めてもいい。壊れるほど抱いてもいいから、自分だけには心を開いてほしい。

引き返すことなど頭にもなかった。自分でも気づかぬうちに、そんな段階はとうに超えていたのだろう。

「……シャロン……」

ややあってランスロットは掠れた声で囁き、名残惜しげに身体を離す。

今まであった重みが消えたことに心許なさを感じ、その動きを目で追いかけると、ランスロットは珍しくベッドから下りて着替えはじめた。

どこかへ行くのだろうか。ぼんやりしていると、彼はすぐに着替えを終えてシャロンのもとに戻ってきた。

「すぐに戻る。それまで、ゆっくり眠っているといい」

「……ん…」

ランスロットはシャロンの耳元でそっと囁く。

肌に息がかかって小さく反応すると、キスをされて柔らかく頬を撫でられた。

その手があまりに優しくて、シャロンはすぐにウトウトしはじめる。彼はその様子をしばし眺めてから毛布をそっとかけて寝室を出て行った。

遠ざかる足音を聞きながら、シャロンは目を閉じる。

深い眠りに落ちるまでは、ほんの数秒もかからなかった――。


「――シャロンさま、シャロンさま…ッ！」

それからどれほどの時間が経ったのか。

シャロンは自分を呼ぶ女の声で、唐突に意識を引き戻された。

ゆっくり瞼を開けると、目の前にはフランチェスカがいる。どうやら彼女に身体を揺さぶられていたようだった。

「シャロンさま…ッ、大丈夫ですか……っ!?」

「……フランチェスカ……さん……？」

なんだか、久しぶりに彼女を見た気がする。

今までどこに行っていたのだろうと呆けたことを本気で考え、青ざめた彼女の顔をぼんやりと見上げた。

「あぁ、よかった！　いくら声をかけても目が覚めないので心配しました……っ。部屋に入るのをランスロットさまに禁じられて様子を見に来られなかったのです」

「……そう…だったんですか」

「えぇ、でも今は話をしている場合では……。とにかく、すぐに着替えましょう。私も手伝いますから、どうかしっかりなさって……っ！」

「……え……」

「まずは身体を綺麗にするのが先ですわね。これでは部屋から出られませんもの」

「え、え…？　あ…、や…っ!?　な、何を……っ!?」

フランチェスカは焦った様子で、シャロンの身体を拭いていく。

しかし、散々ランスロットに抱かれた身体には鬱血の痕があちこちに散っている。おまけに、眠りに落ちる直前まで彼と繋がっていたから、どちらのものかもわからない体液が秘部から溢れて内股を濡らしていた。

いくら侍女でも、こんな場所を世話されるのは遠慮したい。

混乱しながら毛布を探してじたばたしていると、フランチェスカは目をつり上げてぴしゃりと言った。

「急いでいるのですから、シャロンさまも協力してください……っ！」

「い…、急……？」

「抗議ならあとで伺いますわ。けれど今は大人しくなさって」

「あっ、待っ…、ソコは自分で……っ」

彼女が何を急いでいるのかシャロンにはさっぱりわからない。

困惑していると、フランチェスカは強引にシャロンの脚をこじ開け、濡れた内股を布で拭きはじめる。嫌がって腰を浮かせようとしたが、肩を押さえつけられて動きを封じられてしまった。

「んっ、やめ…、いや……っ、何するの……っ!?」

「……なんてふしだらな……。こんなに溢れて……」

フランチェスカは声を震わせ、シャロンの中心を拭いていく。

けれど、拭いている間も中から体液が溢れ出すから、なかなか終わらない。

シャロンは足をばたつかせて拒絶したが、自分でも驚くほど体力が落ちていたようで弱々しい抵抗にしかならない。なぜか秘部ばかりを執拗に拭かれて、目を白黒させるばかりだった。

「やっぱりランスロットさまは、噂どおりの酷い方だわ……」

「……え?」

「婚約者の女性も、散々弄ばれて破談にされたそうですから……。いずれシャロンさまもそうなるのではと思うと、私、胸が痛くて……っ」

「ま…、まさかそんな」

「余計なことを言ってすみません。早く着替えてしまいましょう」

フランチェスカは目に涙を滲ませていたが、気持ちを切り替えた様子で布を置く。

そのままシャロンを起き上がらせると、彼女はよろめく身体を支えながら、持ってきた服をシャロンに着せていった。

いつにない強引さだったが、シャロンはなぜだか抵抗ができない。

彼女の話が単なる噂だとわかっているのに、ランスロットが他の女性を抱く姿が頭に浮かんでしまって密かに動揺していた。

だが、着せられた服には妙に覚えがあり、そこで僅かに冷静さが戻る。

首を傾げていると、フランチェスカはワンピースの裾を指でのばしてシャロンに向き直った。

「あの…、この服って……」

「ええ、シャロンさまがこの屋敷にいらしたときにお召しになっていたものです。衣装部屋の服は滅茶苦茶になってしまいましたし、唯一残ったドレスはずいぶん汚れてしまったようですから、取り急ぎジェラルドさまが用意してくださったのです」

「ジェラルドさんが……？」

フランチェスカは小さく頷くと、ベッドのほうに目を向けてため息をつく。

その視線の先にはくしゃくしゃになったドレスがあり、最初の何回かはドレスを着たままで情交を繰り返していたのを思い出し、シャロンは真っ赤になって俯いた。

「では行きましょう……っ！」

「え…？　でも……」

そうしている間に、シャロンはフランチェスカに手を摑まれる。

言葉を繋ぐ間もなく手を引かれ、気づいたときには寝室を出ていた。

寝室の扉を振り向くと、今度は強く引っ張られ、シャロンはよくわからないままフランチェスカと部屋を出てしまった。

「……お久しぶりです。シャロンさま」

「あ、ジェラルドさん……」

部屋を出ると、そこにはジェラルドがいた。

ますますわけがわからず、シャロンは困惑を顔に浮かべる。

すると、ジェラルドは憐れみの籠もった眼差しでシャロンを見つめた。

「大変な目に遭われたようですね。四日も寝室に閉じ込めるだなんて、まったく困ったものです。ランスロットさまは、どうしていつも加減をなさらないのか……」

「よ…、四日……？」

「ええ、四日です。ですが、その話はあとにしましょう。今は時間がありません。シャロンさまのお父上が倒れたとの報せが入ったのです」

「……えっ!?」

ジェラルドの意味深な言葉にシャロンは一瞬引っかかりを感じたが、父が倒れたと聞いてその感情は一気に吹き飛んだ。

「それは本当ですか!?」

「はい、シャロンさまの兄上が報せに来てくださったのです」

「スコット兄さんが…ッ!?」

「外に馬車を待機させて待っておいでです。急がなければ、いつ容態が変わるかわからないと青ざめた顔をされていました」

「わ…、わかりました……っ」

「では参りましょう」

「はい…っ、あ…、でもランに言わないと……」

「それについては私のほうから報告しておきましたのでご心配なく。ただ、今日は大切な客人がいらしているので、しばらくは抜けられないのです。あとから追いかけると言付かっておりますので、どうか安心なさってください」

「は、はい……っ」

だからランスロットは一人でどこかへ行ってしまったのか。

眠りに落ちる前のことを思い出し、シャロンはようやく状況を理解した。

ジェラルドの言葉に大きく頷くと、よろめく身体をフランチェスカに支えてもらいながら外に出て裏庭に向かった。

しかし、待機させているはずの馬車はどこにも見当たらない。

不思議に思って辺りを見回していると、ジェラルドがさらに奥を指差したので、言われるままについて行く。すると、裏庭の奥に門が見えてきて、馬車はその先で待機させていると教えられた。

シャロンは裏門を出て、そこからさらに歩を進める。

のどかな一本道。

さわさわと風に揺れる木の葉の音。

風にのって徐々に潮の香りが強くなった。

「……？」

シャロンは、不意に足を止める。

ここまでなんの疑いもなくついてきたが、何かがおかしい。

道の先に目を凝らしても馬車は見当たらない。それどころか人影もなく、この先は行き止まりになっているようだった。

静かな波の音。

一本道の先は崖《がけ》になっていて進めない。

「……岬……？」

そのとき、シャロンはふとランスロットの言葉を思い出す。

怪我をしたときのことを尋ねると、彼は屋敷の裏手に岬があると言った。怪我をしたのは、そこで足を滑らせたからだろうと答えたのだ。

「さぁ、お急ぎください。馬車はすぐそこですよ」

「シャロンさま、早く行きましょう」

「……で、でも……」

戸惑うシャロンをジェラルドが急かしてくる。

それでも動かずにいると、フランチェスカに背を押された。

このまま彼らと行ってはいけない。シャロンはじりじりと後ずさった。自分の中の何かが警告するのを感じ、慌てて引き返そうとした。

「あ…ッ!?」

だが、それを見越していたかのようにジェラルドに腕を摑まれてしまう。

驚いて振りほどこうとしたが、彼は強い力で摑んで放そうとしない。

ジェラルドは表情の失せた顔でシャロンを見下ろし、フランチェスカはニコニコと愉しげに笑みを浮かべていた。

「……っ」

ごく…っと唾を飲み込み、シャロンは息を震わせる。

この二人がなんなのかはわからない。

ただ、とても恐ろしいことを考えていると、それだけははっきりわかった――。

❀　❀　❀

一方その頃、ランスロットはシャロンの待つ部屋に戻ろうとしていた。

歩いていても眠気に襲われ、何度目とも知れない欠伸が出そうになる。廊下ですれ違う使用人がそんな自分を見て驚いた顔をしていたのが妙におかしかった。

「……四日間か」

ほとんどの時間をベッドで過ごした四日間。

腹が空けば食事を運ばせ、喉が渇けば水を持ってこさせ、眠る以外はシャロンを腕に抱いて過ごす。

それは、呆れるほど乱れた日々だったが、幸せな日々でもあった。

一方的な行為だったにもかかわらず、彼女は一度も自分を拒絶しなかった。それどころか、ランスロットが何度求めてもそれに応えようとしてくれていた。

それを見ているうちに次第に焦燥は消え、いつしか彼女を求める気持ちだけが残った。

ぐったりしたシャロンの口に食事や水を運ぶと、小さな咀嚼音が聞こえ、ただそれだけで愛しさが込み上げる。彼女の体力が少しでも回復した兆《きざ》しがあればまたすぐに身体を繋げ、気を失うまで貪り続けた。

それでもランスロットは、以前からの約束で今日は客人が訪れる予定だったことを忘れなかった。

面倒だと思っても、ファーガス家の当主として歩んだ六年間がそうさせるのだ。さまざまな投資の話、援助の依頼など、内容は多岐にわたるが、これまでも自身が治める領地に関わることなら最低限は耳を傾けるようにしてきた。

その客人が帰ったのが、今から十分ほど前。

あれほど肌を合わせたというのに、もうシャロンに触れたくて仕方ない。

ランスロットは逸る気持ちを抑えて部屋の扉を開け、まっすぐ寝室に向かおうとした。

「……？」

だが、すぐに異変を感じて足を止める。

なぜか寝室の扉が開いていた。

ランスロットは、自分が寝室を出たときのシャロンを思い出す。あれから一時間は経つが、あれほど疲れ切った様子ならまだ寝ていると思っていたのだ。

「シャロン？」

僅かに開いていた寝室の扉を開け放ち、足を踏み入れる。

薄暗い寝室の奥に置かれた天蓋《てんがい》付きのベッド。

布は横に引かれ、乱れた寝具やくしゃくしゃになったドレスが彼女との情交の激しさを物語っていた。

しかし、そこに肝心のシャロンはいない。

衣装部屋の服はあのドレスを残すのみで、この部屋に替えの服は用意していない。

それなのに、彼女は忽然《こつぜん》と姿を消していた。

「おい、シャロンを…ッ、シャロンを見なかったか!?」

ランスロットは部屋を飛び出すと、近くにいた使用人に駆け寄った。

「え…、いっ、いえ……っ、申し訳ありません……ッ」

すると、よほど怖い顔をしていたのか、使用人は怯えた様子で首を横に振る。

ランスロットは廊下を駆け出し、使用人を目にするたびに同じようにシャロンの居場所を聞き回った。

それが、あまりの取り乱しようだったからだろうか。

玄関ホールまで来ると、騒ぎを聞きつけた使用人たちが様子を見に集まりはじめていた。

ほとんどの者はその醜態《しゅうたい》を遠巻きに見ているだけだったが、外に出ようと扉に手を伸ばしたとき、不意に数人の使用人が近づいてきた。

「ラ…、ランスロットさま」

「おまえたち、シャロンの居場所を知っているのか……ッ!?」

「いッ、いえ……ッ」

「だったらなんの用だ。俺は今忙しい」

「あ…ッ、あの……っ、居場所はわかりませんが、シャロンさまが裏庭にいたのはお見かけしました……っ!」

「裏庭？」

ランスロットは目を見開き、使用人に近づいていく。

服がないはずの彼女がなぜ裏庭にいるのか。

まさか裸でうろつくわけがないと疑問を抱いていると、使用人は互いに頷き合い、ランスロットに向き直った。

「ジェラルドさまとフランチェスカが一緒だったので、なんとなく気になったのです」

「ジェラルドと……フラン…チェスカ…？」

「はい…、その二人が、シャロンさまをどこかへ誘導しているように見えたのです……。裏庭の奥へ向かったところまでは見ていたのですが……。それから、シャロンさまがいつもお召しになっているドレスとは違って、少々質素な雰囲気の服を着ていたのも印象的でした」

「……っ」

おそるおそるといった様子だが、使用人の説明は意外なほど詳細なものだった。

ランスロットは目の前の使用人の顔も覚えていなかったが、周りはいつもしっかり見ていたのだろう。

だが、シャロンはなぜジェラルドと一緒だったのか。

フランチェスカというのは、確かシャロン付きの侍女の名だった気がするが、ランスロットは普段から使用人の顔も名も滅多に覚えないためにほとんど印象がない。

――裏庭の奥……？

ランスロットは眉根を寄せて、窓の向こうを見つめた。

ジェラルドが裏庭の奥へとシャロンを誘導していたという部分が妙に頭に引っかかっていた。


「……う…」

「ランスロットさま、どうされたのですか？」

「う…、っぐ……、うぅ……」

突然目の前が歪み、足下がふらつく。

同時にズキズキと頭が痛んだが、ランスロットは扉に手をかける。使用人は戸惑った様子で声をかけてきたが、よろめきながらも裏庭に向かおうとしていた。

「ジェラルド…ッ、なぜだ…っ、おまえが憎むのは俺ではないのか……？」

「……ランスロット…さま……？」

「ッ!?」

それは、なぜか自然と出た呟きだった。

だが、こんな言葉が出た理由がわからず、ランスロットは痛みで頭を抱える。

今のはなんだ。どうしてそんな考えが浮かんだのかと惑乱しながら、ランスロットはもう一度窓の向こうに顔を向けた。

「……裏庭の奥……。岬……。広い海……」

ぽつりぽつりと呟くなか、次第に息が震えて視界がさらに歪んだ。

見渡す限りの水平線。

潮の香りと水の流れる音。

岬に立つ自分の姿。

不意に脳裏を過る鮮明な光景。

それは、幾度となく夢で見たランスロットの欠けた記憶だった。


夕暮れまであと少しという時間。

その日、ランスロットは少々苛立つことがあり、気晴らしに岬に足をのばしていた。

けれど、海を眺めていると不意に足音が近づいてくる。振り返るとそこには深々と頭を下げるジェラルドがいた。

『ランスロットさま…ッ、先ほどは私の不手際で申し訳ありませんでした……ッ！』

『……なんだ、ジェラルド。わざわざ追いかけて来たのか』

ランスロットはジェラルドを一瞥し、また前を向く。

ジェラルドがこうして頭を下げる理由は考えるまでもなかった。

つい一時間ほど前のこと、ランスロットの亡き父の友人だという男が突然屋敷を訪ねてきた。だが、その男とは会う約束などしておらず、ジェラルドもそれは知っていたが、相手が伯爵家の者とあって中に招き入れてしまったのだ。

ランスロットは仕方なくその男に会ったが、金に困っていることはすぐにわかった。

大して価値のない土地を必死な様子で勧めてきたが、身のほども弁えずに遊興に耽ってきたツケを他人の自分が払ってやる道理はない。当然追い返すことになったが、男はしつこく泣き縋り、最後には罵声まで浴びせてきてランスロットを最悪な気分にさせた。

普段はこうして海を眺めていても邪魔する者はいない。

ジェラルドが追いかけてきたのは、自分の判断を後悔してのことなのだろう。

『もういい。その代わり、二度とあの手合いは屋敷に入れるな』

『はい、肝に銘じます』

『しかし、相手が貴族だったとはいえ、最近のおまえにしては間違った判断をしたものだな。まぁ、ここに来た頃のおまえは使えない使用人だったが』

『……そのとおりとはいえ、容赦ありませんね』

遠慮のないランスロットの言葉に、ジェラルドは苦笑いを浮かべて前を向く。

だが、ここに来た頃の彼が驚くほど役立たずだったのは本当のことだ。

ジェラルドは、六年前の秋頃にランスロットのもとにやってきた。

彼は外出から戻ったランスロットの前に立ちはだかると、なんでもするからここで働かせてほしいと跪《ひざまず》いてきたのだ。はじめはそれを無視していたが、来る日も来る日も現れてしつこいものだから、仕方なく雇うことにしたのがはじまりだった。

ところが、いざ雇ってみると、ジェラルドは驚くほど不器用で要領が悪い。何をやらせても失敗ばかりで他の使用人も呆れるほどだった。

ただ、人一倍やる気だけはあるようだったから、ランスロットは気まぐれで彼を小間使いとして傍に置くことにした。すぐにやめるかと思ったが、歯を食いしばってついてきた彼は、いつしかそれなりに役立つ男になっていた。

『六年前のランスロットさまは、今より冷たい方でした』

『っは、この俺が丸くなったとでも言うのか？』

『どうなのでしょう。あの頃のランスロットさまには、大変なことが山のようにあったと伺っています。家を継がれたばかりで気を張っていたのでしょう』

『すでに悪評が立っていたというのに、よく俺に仕える気になったものだ』

『噂には興味がありません。私は、どうしてもここで働きたかったのです。他より給金がよかったので……』

『なるほど』

ランスロットは苦笑気味に頷く。

率直すぎる答えだが、機嫌取りをされるよりはましだ。大人しく従うだけの者が多い中で、こういったジェラルドの態度は嫌いではなかった。

『ところで、ランスロットさまはご結婚をされないのですか？』

『……なんだ突然。そんなことに興味があるのか？』

『ええ。一度聞いてみたかったのです。婚約者がいたのに、そのときは破談にしてしまわれたのでしょう？』

なぜそのとき、ジェラルドはそんなことを聞いたのだろうか。

先ほどの貴族の男が、自分の娘をランスロットに勧めていたからだろうか。

だが、ランスロットはそれを鼻で笑った。こんなことをジェラルドと話す日が来るとは思わなかったからだ。

『結婚など、したいと思ったこともない。よほどの家柄の娘なら考えなくもないが、面倒事が多すぎる。華やかな貴族を装っていても、実際は途方もない借金があるかもしれないじゃないか。過去に婚約を破談にしたのもそれが原因だったな。なんの情もない娘のためにそんなものを背負えるわけがない』

『……なんの情も……ない……？』

その瞬間、ジェラルドが息を呑んだのがわかった。

ジャリ…と小石を踏みしめる音が響き、顔を向けるとジェラルドと目が合う。

彼は息を震わせ、怒りの籠もった眼差しでランスロットを睨んでいた。

『今、なんの情もないと……、そう言ったのか？』

『あぁ、言った』

『なぜだ!?　婚約…、していたんだろう？　助けなければ、どうなるか想像できただろう!?　なぜそんなことが言えるんだ……っ!?』

『だからなんだ。ファーガス家も一緒に沈めというのか？　俺の両親が生きていた頃は借金のことをひた隠しにしていて、彼らは俺が当主になった途端、金の無心にやってきた。

本当に汚い連中だ。そもそも、娘の顔など覚えてもいない。情を抱く以前の問題だ』

『ふざけるな！　そんな馬鹿なことがあるか……ッ！』

ますますジェラルドは興奮し、その瞳は怒りに染まっていく。

しかし、不自然なまでに激昂するジェラルドを見ても、ランスロットはなんとも思わなかった。自分に刃向かう者などいないという驕りもあり、はじめて見せたジェラルドの表情を興味深く見ていただけだった。

『馬鹿なこと？　家が破産したのは彼らの問題だろう。それを俺に押しつけようとして失敗に終わっただけだ。ジェラルド、おまえはそれを俺のせいだと言うのか？』

『違う、そのことではない……ッ！　どうして嘘をつくんだ？　娘のことを覚えていないなんて、そんなわけがないだろう……っ!?』

『……娘？　何度も同じことを言わせるな。たった一度、それも短い挨拶をしただけの相手を覚えているわけがないだろう。なんの情もない娘のためになぜ俺がそこまで……──』

ジェラルドは何にこだわっているというのか。

意図が摑めぬまま、ランスロットは同じ言葉を繰り返そうとした。

だが、声はそこでぷつりと途切れる。

次の瞬間身体が海面に叩きつけられていたのだ。

何が起こったのか理解する間もなく、身体はみるみる海に沈んでいく。やがて岩にぶつかり頭と背中に強い衝撃が走った。しかし、もがくことも呼吸をすることも忘れ、ランスロットの思考はそこで完全に停止していた。

次に目覚めたのは、見知らぬ海岸。

ランスロットは流木にしがみつくように横たわっていた。ふらふらと立ち上がって歩き出すと、次第にどこからか芳しい匂いがしてきて、途端に空腹を報せる腹の虫が鳴った。

そのことを何一つ疑問に思うことなく辺りを見回す。

ランスロットは引き寄せられるようにその家の門をくぐる。自分の記憶がないことに気づきもせず、ただ本能のままにその扉を叩いていた——。


「……そう……だ……、俺はジェラルドに……」

よりによって、なぜこんなことを忘れていたのだろう。

ジェラルドに突き落とされたことを、どうして忘れていられたのだ。

「ランスロットさま……ッ!?」

瞬間、ランスロットは屋敷を飛び出し、裏庭に向かって駆け出していた。

使用人の驚く声が聞こえたが、立ち止まっている余裕はない。

なぜ自分ではないのか。なぜシャロンなのか。

許さない。彼女に傷一つでもつけたら八つ裂きにしてやる。ランスロットは怒りで身体が震えそうになるのを抑えながら裏門へと向かった。

屋敷の裏手から続くのどかな一本道。

行き止まりまではそれほどの距離ではないのに、今日はやけに遠く感じる。雲一つない空が果てしなく遠くに見えた。

「――いや……ッ、いやだってば……っ！」

そのとき、シャロンの声が空に響いた。

ハッとして目を凝らすと、岬の先端付近にシャロンがいるのが見えた。

彼女はジェラルドとフランチェスカに手を引っ張られ、必死で抵抗している。まだ無事とはいえ、このままでは海に落とされかねない状況だった。

ランスロットは激しく息を切らせ、全速力で駆けていく。

実際にジェラルドがシャロンに危害を加えようとしているところを目の当たりにしたことで、さらに怒りが増幅していた。

「ジェラルド……ッ！」

「――ッ!?」

びくんとジェラルドは肩を震わせる。

足を止め、彼はしばし背を向けたままで動かずにいた。

しかし、ランスロットが近づいて小石を踏みしめる音がした途端、素早く振り返ってシャロンを後ろから抱え込む。見ればその右手には短剣が握られ、シャロンの喉に切っ先が向けられていた。

「ひ…う…っ」

「シャロン…ッ！」

「……ラ……ラン……」

シャロンは目に涙を浮かべて自分を見ていた。

恐怖に染まった眼差しで、今にも喉に刺さりそうな切っ先に怯えている。

「ジェラルド、貴様……ッ！　おまえが殺したいのは俺のはずだ……ッ！　なぜ彼女に刃を向けるんだ!?」

「……おや…、どうやらすべて思い出してしまったようですね。いつ思い出すのかと、これでも毎日戦々恐々としておりました。緊張感のある生活というのも、そう悪いものではありませんでしたが……」

ジェラルドはそう言って不自然なまでの笑みを浮かべる。

何がおかしいのかと睨み据えると、彼は悪びれる様子もなく盛大なため息をついた。

「ランスロットさまが、この娘と結婚するなどと馬鹿げたことを言い出すからいけないのです」

「……結婚？」

「えぇそうです。あなたは三か月ほど前、この場所で結婚の意志はないと私に言ったばかりなのですよ。それが戻ってきたときには正反対のことを言い出した。狐につままれたようで、とても信じられませんでした」

「なら…、シャロンが俺を変えたんだろう」

「ですから、それが理解できないと言っているのです……ッ！」

すると、ジェラルドは突然声を荒らげた。

いきなりのことに少し面食らったが、そんなことに口出しされる謂われはない。

ランスロットはジェラルドを睨んだが、彼はそれに怯むどころか、怒りに染まった眼差しでさらに声を張り上げた。

「落ちぶれた元貴族の娘があなたを変えたと……っ!?　冗談もほどほどにしてください。気の迷いにしてはたちが悪すぎる……ッ！　身体の相性が良かったと言われたほうがまだ納得できる話だ！」

「なんだと……？　なぜそんなことをおまえに言われなくてはならない？　とんだ暴言を吐く側仕えがいたものだ。おまえに彼女の何がわかる。二度とシャロンのことを口にするな……ッ！」

「いいえ……ッ、暴言であろうと、これほど納得できない話はありません！　到底黙っていられるわけがない！　そんなに大切だと言うなら、一刻も早く壊してしまうしかないでしょう……ッ！」

人が変わったようだとはまさにこのことだ。

なぜジェラルドはそんなことにこだわっているのだ。

ランスロットは強い苛立ちを感じながら、徐々に距離を詰めていく。

ジェラルドは警戒した様子を見せたが、僅かに身じろぎをしただけで切っ先の位置は変わらない。言葉とは裏腹にその手は僅かに震えていて、人を殺めることに躊躇いがあるようだった。

「……？」

ところが、そのときだった。

不意にフランチェスカがシャロンから離れたのだ。

そういえば、この女はなんなのだろう。シャロンの侍女がなぜジェラルドに協力しているのか。

――二人は恋人同士か？

ランスロットは眉をひそめてフランチェスカを見やった。

目が合うと彼女は途端に駆け寄ってくる。なぜか満面に笑みを浮かべながら、気づいたときにはランスロットの胸に飛び込んでいた。

「ランスロットさま……っ！」

「な…ッ、なん……？」

「ようやくこの日が訪れました。もう二度と離れませんわ……っ！」

フランチェスカはそう言ってランスロットの胸に頬ずりをしてくる。

ランスロットは突然のことに顔を引きつらせたが、彼女がそれに気づく様子はない。

うっとりと見つめられて、さらに顔を引きつらせると、ジェラルドがすかさずそれを窘めた。

「フランチェスカ、まだ早すぎるよ。こっちに戻りなさい」

「だって兄さま、見ているだけではもう我慢できなかったんですもの」

「は…？」

フランチェスカは小首を傾げ、ジェラルドに笑いかける。

そのやり取りにランスロットは固まった。

――兄さま……？

ランスロットはこくっと喉を鳴らし、胸にしがみつくその顔に目を凝らす。

間近で目が合うと、彼女の瞳の奥でどろっとした不気味なものが揺らいだのがわかり、咄嗟にその身を突き放した。

「あ…っ」

「フランチェスカ……ッ！」

すると、フランチェスカはよろめき、驚いたジェラルドはシャロンを放して走り寄る。

フランチェスカが転びそうなところをなんとか抱き留めると、彼は小さく息をついてランスロットをじろりと睨んだ。その憎悪に満ちた目を見れば、どれだけ大切な相手か理解できるほどだった。

「どういう…ことだ……？」

「どうって、聞いていたでしょう。フランチェスカは私の妹ですよ」

「妹…？」

ジェラルドはくすりと笑ってフランチェスカを優しく見つめる。彼のそんな顔を見るのははじめてだった。

ここで働かせてほしいと、連日押しかけてきた青年。

身元など調べればすぐにわかる。調べないほうがおかしい。

「……おまえは、自分の家が破産したことで俺を憎んでいたはずだ。だから俺を海へ突き落としたのではないのか？」

ランスロットは困惑を顔に浮かべ、ジェラルドに問いかけていた。

彼は、ランスロットが婚約を破談にした家の息子だ。

はじめから知っていた。自分が恨まれていることもわかっていた。

しかし、それでも傍に置いたのは、時折見せる好戦的な目に興味が湧いたからだ。あの頃のランスロットは、手に取るようにわかる感情を貴重に感じていた。

それでも、ジェラルドは一度も殺意を見せることはなかった。

だから油断した。ランスロットはあの程度のことで海に突き落とされるとは考えてもいなかったのだ。

「もちろん、はじめは復讐したい気持ちもありました。ですが、私にはお金が必要だったのです。いつまでも、フランチェスカにひもじい思いをさせるわけにはいかないでしょう。皮肉なことにあなたの屋敷で働いた給金はどこよりもよかったので、この先もずっと続けるつもりでいました」

含みのある問いかけで、ジェラルドは己の素性が知られていると察したのだろう。その返答は、もはや隠す気など微塵も感じさせないものだった。

「けれど、誰にでも一つくらい心から大切にしているものがあるはずです。私は、それを侮辱されることだけは許せなかった」

「……侮辱？」

「ええ、それでうっかり突き落としてしまったのですよ。あなたが死んだらフランチェスカを養えなくなってしまうというのに……」

ジェラルドは眉を下げ、フランチェスカの頭を撫でる。

それはまるで幼子にするような撫で方で、違和感を抱かせるものだった。

ふと、ランスロットは二人の後方にいるシャロンに目を向ける。

彼女は動揺した様子で立ち尽くしていた。

無理もない話だ。いきなりの事実にランスロットでさえ驚いているのだから、何も知らないシャロンが混乱しないわけがなかった。

だが、いつまでもあの場にいさせるわけにはいかない。

このままでは、いつまた彼女に危険が及んでもおかしくないのだ。

幸か不幸か、ジェラルドはフランチェスカが絡むと正常な判断ができなくなるようだ。

背後にシャロンがいても、それを気にする素振りもない。フランチェスカしか目に入っていないようだった。

——今しかない……ッ！

ランスロットは意を決して猛然と走り出す。

「シャロン…ッ！」

それを見てジェラルドも慌てて動き出したが、止まるわけにはいかない。

ランスロットはジェラルドに追いつかれる前にシャロンのもとに辿りつき、彼女の前に立ちはだかった。

ジェラルドは短剣を構えて向かってきたが恐怖は感じない。頭の中はシャロンを守ることしかなく、その切っ先に手を伸ばすことになんの躊躇もなかった。

「ラン…ッ!?」

「きゃあ…ッ!? ランスロットさま……っ！」

間違っても、シャロンが傷つけられることがあってはならない。

後先など考えもせず、ランスロットは短剣を握り締める。

フランチェスカが悲鳴を上げたが、彼女はその場で足を震わせているだけだ。

ならばジェラルドの動きを封じることだけに集中すればいいと判断し、押し倒すつもりで肩から突っ込んだ。

「う…ぐ…ッ!?」

すると、ジェラルドの鳩尾《みぞおち》に肩口が直撃し、彼は足をよろめかせてその場に尻餅をつい

てしまう。

ランスロットはすかさずその身にのしかかって短剣を握った手にさらに力を込めた。

切っ先からはボトボトと血が滴り、押し倒したジェラルドの顔を赤く染めていくが、ランスロットは痛みさえ感じていなかった。むしろジェラルドのほうが必死の形相で血に染まった短剣を引き抜こうとしていた。

「は、放せ…っ！　放せ……ッ！」

だが、強く握られているから、なかなか引き抜くことはできない。

その矢先、刃先から落ちた血液がジェラルドの口に零れ落ち、彼は「ひ…っ!?」と掠れた悲鳴を上げると、慌てて動きを止めた。

「ラン…、なんてことを…ッ!?」

「逃げろ……ッ！」

「え…っ!?」

「長くは持たない……っ！　だから早く行け…ッ！　君は人を呼びに行くんだ！」

「そ…、そんな……っ」

シャロンの声は震えていた。

どうか早く逃げてくれ。

ランスロットは少しでも彼女を危険から遠ざけたい一心で、右手で短剣を握ったまま、もう片方の手でジェラルドの襟首を掴み取る。他に何を隠し持っているかわからず、下手に動かれるのを避けるためだった。

　ところがその直後、

「――ッ!?」

　唐突に、後ろから腕が回された。

　背に当たる柔らかな胸の感触。腰にしがみつく白い腕。

　フランチェスカが抱きついてきたのだ。

「酷い人。私というものがありながら、あんな女と浮気するなんて……ッ！」

「……何を」

「けれど、ランスロットさまが本気でないことはわかっています。気の迷いだと言ってくださるなら、このことは胸にしまって忘れましょう……。だって離れられるわけがないわ。私たち、あんなに愛し合ってきたんですもの……ッ！」

　わざとらしい涙声。

　ランスロットは眉を寄せ、シャロンに目を移す。

　彼女は人を呼びに行くべきか迷っていたようだが、突然のことに足が止まってしまい、呆然と見つめ返された。

「ランスロットさま、はじめて会った日のことを覚えていますか？　私たち、目が合った瞬間には恋に落ちていました。その日の夜に、ランスロットさまは私の部屋を訪ねてきて何度も愛してくださいました。それからも、人目を忍んで会いに来てくださって、そのたびに想いを確かめ合ってきました」

「何を言って……」

「それなのに…ッ、別れは無情でした……。家を守るためとはいえ、あなたは私を切り捨てたのです。あれから私たちは屋敷を追い出され、その日の食べ物にも困るほど惨めな暮らしを余儀なくされました。恨んだこともあります。その気持ちを周囲の人々に漏らしたこともありました。けれど、私はずっとあなたのことを忘れられませんでした。程なくして兄さまがあなたの屋敷で働くようになり、少しは楽な生活になったけれど、想いは募るばかりでした……。会いたくて我慢できなくて……、私もここで五年前から働きはじめるようになったのです。そんな私を、ランスロットさまはまた愛してくれるようになりましたね。自分が悪かったと言って、毎夜私を慰めてくださいました。あの女を愛するふりをして私を試していたのは知っています。だってあの女が来てからも、あなたは何度も私を求めてきたでしょう？　昨晩…、そう、昨晩もそうでした。指一本動かせなくなるまで求められて……、拭っても拭ってもあなたの出したものが奥から出てきて……、私たちは離れられない運命なのだと実感したばかりなんですもの……」

フランチェスカは陶酔しきった様子で甘い息を吐く。

ランスロットの背にしがみつき、うっとりと頬ずりをして誘うように豊満な乳房を押しつけていた。

しかしランスロットは、彼女がなぜこんな嘘をつくのか理解できない。

十歳のときに彼女の屋敷で一度会ったが、その日は泊まりもしなかった。

だいたい、ファーガス家から何日もかかる場所にあった彼女の屋敷にそう何度も行けるわけがないだろう。そもそも、人目を忍んで婚約者に会う必要がないうえに、その頃は精通もまだだったから男女の関係になりようもなかった。

「……っは」

ランスロットは浅く笑い、ジェラルドを見下ろした。

――なんだこの茶番は……。俺はこの女のせいで海に突き落とされたのか？

整合性などまるで取れていない。

聞くに堪えない妄想だった。

まさか、こんな虚言をジェラルドも信じているわけはないだろう。

シャロンの側付きの侍女にすると言って、つい数週間前にフランチェスカを紹介したのはジェラルドなのだ。それに、ここ四日はほとんどシャロンとベッドの中にいたのだから、他の女の相手ができるわけもない。食事や水を運ばせるのもジェラルドにさせていたのだから、これが嘘だとわかっているはずだ。

「俺に、これをどうしろと？」

「……っ」

ジェラルドを睨みつけると、彼は血に塗れた顔をランスロットから背けて唇を震わせる。

うっすらと目に涙を浮かべたその表情は、嘘だとわかっていると自白しているようなものだった。

怒りに任せて殴りつけたくなったが、ここで動くわけにはいかない。

ジェラルドを押さえつけておかなければ、この狂った光景がさらに最悪なものになってしまう。ランスロットはギリッと奥歯を噛みしめ、短剣を握った手を怒りで震わせた。

その直後、

「きゃあ…っ!?」

小石を踏む音が近づき、突然パン…ッと乾いた響きが耳朶を打った。

同時にランスロットの背にしがみつく腕が離れ、ジェラルドが驚愕に目を見開く。

その視線を追いかけると、シャロンがフランチェスカを力尽くで引きはがしていて、憤りもあらわに声を張り上げた。

「あなた自分が何を言っているのかわかってるの!? ねぇ、それが好きな相手にすること? 誰がそれを信じるの? そんな嘘で彼を貶めて何が楽しいのよ……ッ!? 大体、恨んだ気持ちを周囲に漏らしたって何…ッ? まさかあなたがランのおかしな噂を広めたんじゃないでしょうね!? もしそうなら、あなた卑怯だわ! 恥を知りなさい……ッ!」

シャロンは憤慨しきった様子でフランチェスカを叱りつける。

その様子はさながら子供に説教する母親のようだったが、あながち間違ってもいなかった。

「ひ…ッ、い…、痛い……いたぁい……ッ」

フランチェスカは叩かれた自分の頬を押さえると、突然幼子のように泣きわめいたのだ。

「兄さま…ッ、助けて…っ、兄さまぁ……っ！」

「フ…、フランチェスカ……ッ」

「ひっく、ひぃい…っく、兄さま、兄さまぁ……っ！　フランチェスカ、この女が大嫌ぃ……ッ！　だから早く海に落として…ッ！　すぐに殺して……っ！　そうしないと兄さまのこと嫌ぃになっちゃうから…っ！　もう抱っこさせてあげないから……っ！」

フランチェスカは泣きじゃくり、足をじたばたさせている。

あまりの変わりようにランスロットもシャロンも呆気に取られたが、それにいち早く反応したのはジェラルドだった。

「あぁ、わかったよ…、兄さまに全部任せなさい」

宥《なだ》めるような口調で彼は笑みを浮かべる。

だが、その身体はランスロットに押さえつけられて動くことができない。

それでもジェラルドはなんとか身を捩って拘束から逃れようとしていた。その間も刃先から零れ落ちる血液で彼の顔が赤く染まっていくが、それが口に入っても、もはや気にすることなくもがき続けていた。

「――な…、なんだ……っ!?　何が起こって……」

そのさなかの出来事だった。

突然、男の声が聞こえ、同時に足音がいくつも聞こえてきた。

顔を上げると何人もの使用人たちがこちらに向かってくる姿が目に入る。

まさか、彼らはランスロットを追いかけてきたのだろうか。

その光景に目を見張っていると、シャロンが声を張り上げた。

「お願い、この二人を捕らえて……ッ！　ランが怪我をしているの！　早く手当てしなければならないのよ……ッ！」

「は…、はい…っ！」

シャロンはフランチェスカの腕を摑んで逃げられないようにしている。

ジェラルドを押さえつけて動けないランスロットの代わりに、涙を堪えて使用人に指示をしているのがわかった。

熱いものが胸に込み上げてくる。

今になって、彼女が自分のことを何一つ疑わなかったと気づき、堪らない気持ちにさせられた。

「フランチェスカ……、今……、行くから……。泣かないで……」

ジェラルドはこの状況でも、妹のことしか見えていないようだった。

彼はランスロットの拘束から解放されるや否や使用人に羽交《はが》い締《じ》めにされる。

とてもフランチェスカのもとに行くどころではなかったが、それでも宥めるように話しかけていた。

「兄さまの嘘つき…ッ！　役立たず……ッ！　大っ嫌い……っ！」

フランチェスカは相変わらず足をばたつかせていて、恥も外聞もなく泣きじゃくっている。

その様子にジェラルドは肩を落とし、哀しげな表情を浮かべた。

それでも信じてやりたかったとでもいうのだろうか。

泣きわめくフランチェスカが拘束される姿を心配そうに見つめる彼の眼差しは痛々しいほどだった。

「……っく」

騒然とする中で、ランスロットは地面に膝をつく。

ふと、右手をふわりと温かなもので包まれ、見ればシャロンに手を握られていた。

その手を優しく撫でられるうちに、徐々に力が抜けていく。やがて短剣が地面に落ち、硬質な音が小さく響いた。

「なんて無茶を……、なんでこんな……っ！」

シャロンは顔を涙でいっぱいにして抱きついてくる。

殺されそうになったのは彼女のほうなのに、ランスロットを心配してくれていた。

「……ッ、シャロ……ン……」

温かなものでさらに胸が満たされていく。

ランスロットは頬に流れる熱いものを隠すように彼女の首筋に顔を埋めた。

彼女は血まみれの手に頬を寄せて泣いていた。

右手が熱い。ドクドクと脈打ち、そこが心臓になってしまったようだ。

けれど、後悔はしていない。

もしもこれで片腕を失うことになっても、ランスロットは彼女が無事でさえいればそれでよかったのだ――。

終章

――一週間後。

ファーガス家の屋敷はいつもと変わらず静かだ。

窓の外を見れば以前より空が高く、いつの間にか夏が終わろうとしていた。

「長い一週間だったわ……」

シャロンは長い廊下を歩きながらため息をつく。

何人もの使用人が目撃した岬での出来事。

今日までの目まぐるしい日々を思うと、あの騒ぎからまだ一週間しか経っていないことが嘘のようだった。

――本当に、苦い出来事だった……。

シャロンは窓の向こうに目を向け、きゅっと唇を引き結んだ。

あのあと、ジェラルドとフランチェスカは兵士たちに連行され、さまざまな尋問を受けてからファーガス家の管轄《かんかつ》する牢《ろう》に投獄された。

そのときの尋問の内容はシャロンも伝え聞くこととなったが、そこでわかった真相はあまりにも身勝手でお粗末なものだった。

もちろん同情すべき点がまったくないわけではない。

ジェラルドの家は、莫大な借金が原因で婚約を破棄《はき》された直後に破産し、しばらくは困窮した生活を送っていた。ところが、ある日突然両親が失踪してしまったことで、仮住まいにしていた家の持ち主からも出て行くように言い渡されてしまったという。さすがにそれについては不幸としか言いようがなく、誰もが同情するところだった。

それでも、途方に暮れたままでは明日はない。

ジェラルドは渋る親戚に何度も頭を下げて、すぐに仕事を見つけて出て行くという約束のもと、なんとかフランチェスカを預かってもらった。

その後は、皮肉にもどこよりも金払いがよかったランスロットの屋敷で働くこととなり、自分の稼ぎでフランチェスカに新たな住み処を用意し、恨む気持ちはありながらも、がむしゃらに過ごした日々はそれなりに充実していたようだった。

一方で、フランチェスカの症状は年々悪化していた。

彼女の『虚言癖』は物心がつく頃にははじまっていたらしく、それを嘘と指摘しようものなら暴れて手がつけられなくなる。だから、ジェラルドはその妄想を否定することは絶対にしなかったそうだ。

そのうちに、彼女は子供の頃に一度しか会っていないはずのランスロットと何度も逢瀬を重ねたと妄想するようになり、周囲に吹聴《ふいちょう》して同情心を煽るようになっていく。それが次第に噂として広まり、さまざまな尾ひれがつくようになっても、ジェラルドは黙って見守っていただけだった。

嘘とわかっていても信じてあげたかった。

それは、妹を溺愛しすぎるがゆえの歪んだ彼の愛情だったのだろう。

だから妹を覚えていないと言われ、突発的にランスロットを岬から突き落としてしまった。

しかし、取り返しのつかないことをしたと蒼白になりながらも、妹を侮辱したランスロットが悪いのだと己の行動を正当化することで平常心を保っていたというのだから、彼もまたフランチェスカと似た部分があるのかもしれない。

そのフランチェスカがファーガス家で働きはじめたのは、それからすぐのことだった。

ジェラルドはここで働くようになってからというもの、ランスロットが日々どのように過ごしているのかをフランチェスカに手紙で教えていたが、海に突き落としたあとはそれが途絶えていた。本当のことを書けるわけもなく、かといって妹に嘘をつくことには躊躇いがあったのだろう。

だが、日々の手紙があったお陰でなんとか落ち着いていられたフランチェスカは、『ランスロットさまにお会いしたい』という想いが止められなくなり、ついに家を出てきてしまった。

とはいえ、元婚約者の居場所がここにあるはずもない。

ジェラルドは考えあぐねた末にフランチェスカを侍女として受け入れ、ランスロットは旅行中であると説明した。

そして、約二か月半の間、彼女はファーガス家で過ごしたが、意外にも侍女の真似事をそれなりに愉しんでいたという。ランスロットは今の自分を見てどう思うだろう。きっと、一目で気に入るに違いない。すぐに贅沢な暮らしに戻れるはずだ。自分の美しさに自信があったフランチェスカは、そんな想像をしながら毎日を愉しく過ごしていた。

だからこそ、彼がシャロンを連れて戻ったことは大変な衝撃だった。

一見穏やかに笑っているようで心は嫉妬で荒れ狂い、衣装部屋を滅茶苦茶に荒らしたことでそれが表面化した。さらにはシャロンを四日間も寝室に閉じ込め、その執心ぶりを見せつけられたことで一気に限界に達してしまった。ついには『あの女を殺して』とジェラルドに泣きつき、シャロンを崖から突き落として事故に見せかけようという暴挙に出てしまったのだ。

あの兄妹は、この結末をどう思っているのだろう。

結果的に自分たちは罪人となり、ランスロットは右手に大怪我を負った。

彼らの処遇はまだ決まっていないが、犯した罪は償わねばならない。

いつか自分のしたことを悔いる日は来るのだろうか。

たとえ何年かかろうとも、その日が来ることを願わずにはいられなかった。

「――あの、シャロンさま。お手伝いいたしましょうか？」

「えっ!?」

そのとき、不意に後ろから声をかけられ、シャロンは肩をびくつかせる。

驚いて振り向くと、少し離れた場所に侍女がいた。

考えごとをしていたから人がいたことに気づかなかった。その侍女はシャロンが押していたワゴンを指差し、柔らかな笑みを浮かべていた。

「……あ、ありがとう。でも、部屋はすぐそこなので大丈夫です」

「そうですか。何かありましたら、なんでもおっしゃってください」

その言葉にシャロンは笑顔で頷き、ワゴンを押して廊下を進んだ。

――いつまでも沈んでいてはだめね。憤ることばかりではないもの……。

最近、今のように使用人に声をかけられることが頻繁にある。

どうやら、岬での一件はランスロットへの同情へと繋がり、人々の心をほんの少し変えるきっかけになったようなのだ。

そのうえ、シャロンが愛人だと噂されていると知ったランスロットが、『いずれは彼女と結婚するつもりだ』とはっきり公言したために周りの反応ががらっと変わったということもある。以来、ここに来てから抱いていた疎外感が和らぎ、それがシャロンを前向きな気持ちにさせた。

「大丈夫、どんなことでも変えていけるわ」

シャロンは小さく頷き、部屋の前でワゴンを停めた。

ノックして部屋に足を踏み入れると、窓辺で椅子に腰かけたランスロットがゆっくり振り向く。日の光を浴びた金色の髪がキラキラと輝く様子に、思わず目を奪われた。

彼はそんなことには気づきもせず、シャロンを見つめている。

そのまましばし見つめ合っていたが、窓の外から鳥の羽ばたく音が聞こえて我に返り、シャロンはワゴンを押して窓辺に向かう。壁際にワゴンを停めるとランスロットの前に立ち、包帯が巻かれた彼の右手に手を伸ばした。

「痛みはどう？」

「ずいぶんましになった」

「……よかった。あとで新しい包帯に替えなくてはね」

「あぁ、頼む」

まるで物置小屋にいたときのような会話だった。

けれど、今回は治るまでさらに時間がかかるかもしれない。

短剣の刃先を渾身の力で摑んだことで、彼の右手には親指の付け根から斜めに裂かれたような深い傷が残った。怪我をした日は出血が止まらず、一時は高熱で意識がなくなり、シャロンは生きた心地がしないまま一晩中彼の傍に付き添っていた。幸いにも翌朝には熱が少し下がったものの、医者から安静にするようにときつく言われ、しばらくは何もせず大人しく過ごさなければならなかった。

ランスロットは、熱が下がってからは窓辺でぼんやり過ごすことが増えた。

傷はとても深く、元どおりに動かせるようになるかはわからないと医者から言われたが、不思議と彼に悲観した様子はない。

シャロンもなるべく一緒に過ごすよう心がけたが、窓の外を眺めるその横顔は、むしろクラレンス家にいた頃のような穏やかさがあった。

「シャロン…、君には情けない姿をずいぶん見せてしまったな」

「そんなことないわ。私にできることなんてたかが知れてるもの。……ただ、思っていることは、もっと言葉にしてくれたほうが嬉しい。あなたは、あれもこれも溜め込んで何一つ弁解しようともしない。だから変な噂が一人歩きしてしまうんだわ。それがすごく哀しいのよ……」

「……噂……」

シャロンは大きく頷く。

彼が十五歳のときに婚約を破談にしたことは、フランチェスカが吹聴したことで広まった噂でもある。それには整合性の取れない嘘も多分に含まれていたが、彼はその噂が広まっても黙って見ていただけだった。

他にもランスロットにはさまざまな悪評があるようだが、彼は傍観しているだけで自ら語ろうとはしない。

しかし、間違いがあるならそう言えばいいのだ。

誰もが噂話を鵜呑《うの》みにするわけではない。

彼が酷い人ではないことを、シャロンはもっと皆にもわかってほしかった。

「噂か……」

すると、彼は窓の外に目を向け、ゆっくりと瞬きをする。

しばしの間、静かな時が流れて沈黙が続いたが、ややあって彼はどこか遠くを見るような眼差しで口を開いた。

「……俺の両親は…、ある日突然死んでしまった。屋敷に戻る途中で馬車の車輪が突然外れて、運悪く山道だったために崖から落下して命を失ったんだ。俺はそのとき十五歳になったばかりで……、ただただ途方に暮れていた……」

「……っ」

「それから間もなく、俺はファーガス家を継ぐことになった。すると、両親の友人だったという貴族や、これまで会ったこともない親戚が途端に俺に会いにくるようになった。彼らは俺の助けになりたいと言って、さまざまな面倒事を引き受けてくれた。気づけば知らない顔が屋敷にいても不思議ではなくなり、連日の如く宴《うたげ》が催される中、俺はその中心で煌びやかな世界をぼんやりと眺めるようになった。戸惑いはあったが、両親を失ったばかりの寂しさを、少しでも紛らわせたかったのかもしれない。……だが、世の中には己に利のないことで手を差し伸べる奇特な者などそうはいない。彼らの目的は、ファーガス家の財産だった。当主になりたての十五歳の少年を懐柔するのは、実に容易かっただろう。宴の途中で席を外したとき、俺はその計画を笑いながら話しているのを耳にしてしまった」

「そんな……ッ」

想像だにしない話で動揺が隠せない。けれど、最後まで聞かなければと慌てて口を噤む
シャロンはそこまで黙って聞いていたが、思わず声を上げてしまう。

とランスロットは小さく頷き、そのまま話を続けた。

「ファーガス家の若き当主から、もっと甘い汁を吸い取ってやろう。根こそぎ奪えば、しばらくは遊んで暮らせる。ちょうど愛人と暮らす家を探していたところだ。うちは妻に宝石をねだられていたから好きなものを選ばせてやろう。……下卑た笑いは醜く恐ろしかった。だが、その直後に耳にした話で、そんな感情はすべて吹き飛ばされた。……ランスロットの両親は頭が固すぎた。金を無心しても遊興に耽ってばかりではいけないと、最近はケチをつけて断ってばかりだった。だからほんの悪戯《いたずら》心で馬車に細工をしてやった。まさかあの程度で死んでしまうとは人の命は儚いものだと笑っていたんだ……」

「――ッ!?」

「そんなことを知って、どうして許せるだろう。絶対に後悔させてやる。命乞いをしても許しはしないと、俺は怒りに任せてその場で彼らを拘束し、馬鹿な行動に協力した連中も同様に重罰を与えた。その中には親戚もいたが、もはや情の欠片もなかった。縁を切ることも、刑を断行することにも躊躇いはなく、俺に対する悪評は凄まじい勢いで広がったが、

無闇に近づいてくる者もいなくなった。……婚約を破棄したのは、その頃だった。俺には、甘い汁を吸おうと近づいてきた連中との区別などつかなかった。大して知りもしない相手を切り捨てることに、なんら抵抗はない。いつの間にか、俺は周りが噂するような冷酷な男になり、そうやって人の気持ちを蔑ろにしてきた結果、記憶を失ってしまった……」

ランスロットは唇を震わせ、窓に凭れかかる。

頭がぶつかり、こつっと響いた音がやけに切なく感じた。

シャロンは彼の右手を両手で包み、その場に膝をつく。知らず知らずのうちに溢れた涙が頬を伝って止まらなかった。

だから彼は、噂を否定してこなかったのだろうか。

尾ひれがつこうが、やったことは事実だと受け止めていたのだろうか。

けれど、シャロンには口が裂けても彼が悪いなどとは言えない。これが十五歳の少年にのしかかった現実だと思うと、胸が張り裂けそうだった。

「だが…、シャロン……。俺は君に会うことができた。奇跡としか言いようのない出会いだった。君には、たくさん迷惑をかけてしまった。今も心配ばかりさせている。それなのに、君はいつも笑顔で励ましてくれた。気づけば、一緒にいるだけですべてが明るく見えるようになっていた。まるで、どこかへ置き忘れてきたものが戻ってきたようだった。俺は、君たちに会ってすべてが救われた。記憶などなくても幸せだったんだ……」

「……っ」

「あれは…、あの物置小屋にいたのは……十五歳の俺だ……。両親に守られ、世の中を信じることができた頃の自分だ……。今思えば、君の父上の作業場に頻繁に足を向けていたのは、無意識に子供の頃を懐かしんでいたからかもしれない。俺の父は、幼い俺のためにたくさんの玩具を手作りしてくれた。俺がそれを興味深そうに見ていると、父は嬉しそうに工夫した箇所を説明しはじめるんだ。あまり上手ではなかったが、さまざまなものを自作するのが好きで、家族想いの優しい人だった……」

「ラン…ッ！」

ランスロットの頬にはひとしずくの涙が零れ落ちていた。

それを見た瞬間、シャロンは衝動的に彼に抱きつく。あまりに静かに泣くものだから、胸が痛くてならなかった。

嗚咽《おえつ》を漏らしていると、ランスロットはシャロンを膝にのせて左手で抱き締めてくる。

零れた涙は彼の唇でそっと拭われ、想いを交わすように何度も唇を重ねた。

それからしばしの間、自分たちの間にはなんの会話もなく、時を忘れてただ抱き締め合っていた。

「……スープ……」

「……？」

「今日も作ってくれたのか……？」

やがて、彼はシャロンの耳元で囁く。

見上げると、その視線は壁際に停めたワゴンに向けられていた。

「あ…、えぇ……、厨房を貸してもらって……。皆とも少し仲良くなったの。料理人にも褒められたのよ」

「そうか……」

「ちょっと待ってね。今用意するから……っ」

言いながら、シャロンはワゴンに手を伸ばす。

ランスロットの膝の上からでは少し大変だったが、なんとか鍋を取り出して銀の皿にスープを注いでいった。

そういえば、厨房でスープを作りながら料理人と雑談していたとき、銀には毒に反応する作用があることを教えてもらった。恐ろしい話だが有力者が毒殺されるのは昔からたびたびあることのようで、そういった理由から貴族たちの多くは銀食器を使っているらしいのだ。

シャロンはそれを知ったとき、驚くと同時に納得した。

ランスロットがはじめてシャロンの家にやってきたときに、陶器の皿を出されて警戒する素振りを見せたのを思い出し、あれはそういうことだったのかと合点がいったからだった。

「……ところで…、ドレスは着ないのか……？」

「え…？　あ…、えっと……、ほら料理するのに汚れてしまうでしょう？　だから、ランが元気になってからでいいかと思って……」

不意に指摘されてシャロンはしどろもどろに答える。

屋敷に来たばかりの頃に発注していたドレスが数日前に届けられたが、シャロンはまだ一度も袖を通していないのだ。

けれど、今は彼の世話で動き回ることが多い。

早く元気になってほしいからスープだって作りたい。だから折角のドレスが汚れてしまうと思って、シャロンはクラレンス家から自分の服を何着か送ってもらったのだ。はじめはそれに使用人も驚いていたが、徐々に慣れたようで今は特に変な目で見られることはなくなっていた。

「……だめだった？」

「いや…、無理強いはしない。ただ、衣装部屋のドレスも君にとても似合っていたから、ああいう姿も見てみたいんだ」

「そ…っ、そんなこと……。でも…、そうよね。わかったわ……。素敵なドレスを贈ってくれたあなたにも、作ってくれた人にも失礼だもの。あんなに綺麗なドレスが滅茶苦茶にされてしまって……、見ただけでも辛かったし……」

「……あぁ」

「あ…、で、でもねっ、このエプロンはあの部屋のドレスで作ったのよ」

「え……？」

衣装部屋と聞いてふと思い出し、シャロンは着ていたエプロンを指差した。言おうと思ってすっかり忘れていた。ぼんやりしているのもなんだからと、彼が眠っているときに滅茶苦茶にされたドレスを繕っていたのだ。

「……これ…が？」

ランスロットは驚いた様子でエプロンを見ている。

だが、覚えのあるドレスだったのだろう。彼は肩の辺りのレースを見て「あ…」と声を上げていた。

「もちろん、手のつけられないものもあったけど、被害が少ないものはエプロンやハンカチにしたりして……。あ、直せそうなものも何着かあったのよ。だから、今それも繕っているところなの」

「……どうして…、そんな……」

「だってあのままじゃドレスがかわいそうでしょう？」

「……っ」

シャロンの言葉に、ランスロットは大きく目を見開いた。

捨てるには忍びないという気持ちからだったが、少し貧乏《びんぼう》くさかっただろうか。

そんなことを思っていると、彼は深く息をついて左手で自身の顔を覆った。数秒ほどそのままでいたが、やがて微かに潤んだ目をシャロンに向けた。

「あれは…、すべて母のドレスだったんだ。君に着てもらえるなら、母も喜ぶと思って……」

「……えッ!?」

「思ったとおりだ。きっと、母も喜んでいるだろう」

「え、え…？　嘘…、そんなだって……っ」

「ところで、スープを飲ませてくれないのか？」

「あ…、は、はい…」

どうしよう。なんだかすごい話を聞いてしまった。

手が震えてうまくスープが掬えない。

それでもなんとか掬って、ランスロットの口にスープを運んだ。利き手が使えない彼の代わりにシャロンが食べさせてあげるのが、最近では当たり前の光景になっていた。

「美味しい……」

「……よ、よかった……」

彼は何度も美味しいと言って、微笑んでいた。

シャロンは震える手で、何度も彼の口にスープを運んだ。なぜだか涙が溢れて止まらなかった。

「近いうちに…、何日か君の家に帰ろうか……」

「……え」

やがて皿の中のスープがすべてなくなると、彼はシャロンを抱き締めて囁く。

目を合わせると頬に口づけられて、その唇でまた涙を拭ってくれた。

「君の父上とも改めて話をしたい。一人でなんでも決めるのではなく、自分の考えを伝えたいんだ。そのうえで、シャロンとの結婚を認めてもらいたい」

「……ラン……」

「そのときは、またあの小屋で過ごしてもいいだろうか」

「……ッ」

「できれば、君も一緒に……」

「……えぇ…、えぇ、もちろんよ……っ」

シャロンはこくこくと頷き、彼の胸に顔を埋める。

穏やかな声。優しい腕。

見上げると、ランスロットの瞳は空のように澄んだ色をしていて、さらに胸がいっぱいになる。

それは、今までで一番幸せな瞬間だった——。

あとがき

最後までご覧いただき、ありがとうございました。作者の桜井《さくらい》さくやと申します。

今、あとがきを書いているのが七月初旬なのですが、一年の半分が過ぎてしまったという事実に愕然としているところです。思い返せば、本作に取りかかって間もなくの頃、突然瞼が真っ赤に腫れ上がって目が開かなくなり、治るまで思うように書き進められない日々がありました。今はそれも治り、こうして一冊に纏まったことが嬉しくてなりません。

記憶喪失のランスロットと、彼の怪我を介抱するシャロン。

本来、決して出会うことのなかった二人ですが、強く惹かれ合い、互いの気持ちを言葉にできるようにもなり、さまざまな問題も乗り越えていけるだろうと思っています。皆さまの心に少しでも残るお話になれたなら何よりです。

この本を手にとってくださった方、素敵なイラストでストーリーを彩ってくださった緒《お》花《はな》さん、編集のYさん、本作に関わっていただいたすべての方々にこの場を借りて御礼を申し上げます。

ここまでおつきあいいただき、本当にありがとうございました。

皆さまと、またどこかでお会いできれば幸いです。

桜井さくや

この本を読んでのご意見・ご感想をお待ちしております。

◆ あて先 ◆

〒101-0051

東京都千代田区神田神保町2-4-7 久月神田ビル

㈱イースト・プレス　ソーニャ文庫編集部

桜井さくや先生／緒花先生

ワケあり紳士《しんし》は初恋《はつこい》に溺《おぼ》れる

2018年8月5日　第1刷発行

著　　者　桜井《さくらい》さくや

イラスト　緒花《おはな》

装　　丁　imagejack.inc

D T P　松井和彌

編集・発行人　安本千恵子

発 行 所　株式会社イースト・プレス

〒101-0051

東京都千代田区神田神保町2-4-7 久月神田ビル

TEL 03-5213-4700　FAX 03-5213-4701

印 刷 所　中央精版印刷株式会社

ISBN 978-4-7816-9630-0

定価はカバーに表示してあります。

激甘ハネムーンは無人島で!?
桜井さくや
Illustration
成瀬山吹
ほら触って。全部君のものだよ。
ふっくらした体形が愛らしい、アンジュより四つ年下の婚約者ラファエル。だが彼は突然、ろくに理由も告げず船旅に出てしまう。二年後戻ってきた彼は別人のように逞しくなっていて――。彼にいったい何が？　戸惑うアンジュをよそに彼は毎夜情熱的に求めてきて……。
Sonya

Sonya ソーニャ文庫の本

『はじめまして、僕の花嫁さん』 桜井さくや

イラスト アオイ冬子